호호호

호호호

나를 웃게 했던 것들에 대하여

윤가은
산문

마음산책

호호호

나를 웃게 했던 것들에 대하여

1판 1쇄 발행 2022년 2월 5일
1판 10쇄 발행 2023년 6월 1일

지은이   윤가은
펴낸이   정은숙
펴낸곳   마음산책

편집   성혜현·박선우·김수경·나한비·이동근
디자인   최정윤·오세라·한우리
마케팅   권혁준·권지원·김은비
경영지원   박지혜

등록   2000년 7월 28일(제2000-000237호)
주소   (우 04043) 서울시 마포구 잔다리로 3안길 20
전화   대표 | 362-1452 편집 | 362-1451
팩스   362-1455
홈페이지   www.maumsan.com
블로그   blog.naver.com/maumsanchaek
트위터   twitter.com/maumsanchaek
페이스북   facebook.com/maumsan
인스타그램 instagram.com/maumsanchaek
전자우편   maum@maumsan.com

ISBN   978-89-6090-724-9 03810

* KOMCA 승인필
* 책값은 뒤표지에 있습니다.

내 안의 어린 마음들은 여전히
그것들을 보고 만지고 느끼고 싶어 했다.
다시 놀고 싶어 했다.

좋아하는 마음을 찾아서

나는 영화를 만드는 사람이다. 그간 네 편의 단편영화와 두 편의 장편영화를 만들었는데, 한 편을 제외하고는 모두 어린이나 청소년이 주인공인 전체관람가 영화였다. 또 유명 배우가 나오지 않는 저예산 독립영화들이라 많은 극장에 걸리진 않았다. 그래서 대박이 난다거나 크게 이슈가 된다거나 하는 드라마틱한 결과도 없었다. 그래도 이 작은 영화들을 굳이 찾아보고 아껴주는 고마운 관객들을 많이 만났다. 덕분에 나름의 크고 작은 성과들이 있었고, 이후 나를 포함한 모든 제작진과 배우들이 다음 행보를 즐겁게 이어나갈 큰 힘을 얻었다.

어쨌든 난 유명 감독이 아니다. 내가 만든 영화들도 대단한 흥행작이 아니다. 세계를 무대로 굵직한 작품을 만드는 기라성 같은 선배님들에 비하면, 나는 이제 막 첫발을 뗀 신인 감독이나 마찬가지다. 그런 내가 어쩌다 글을 써서 책까지 내게 되었다. 대체 내가 뭐라고.

내가 뭐냐면, 나는 영화를 좋아하는 사람이다. 얼마나 좋아했는지 오랫동안 감독이 되기만을 간절히 바랐다. 그런데 사실 진짜로 감독이 될 줄은 몰랐다. 늘 상상하던 감독의 모습은 자신만의 확고한 시선과 목소리를 가진, 오직 영화에 미쳐 있는 지독한 천재 예술가였다. 하지만 나는 그와는 정반대의 사람이었다. 지극히 평범하고 무난한 취향을 가진 데다 자나 깨나 영화만 생각하지도 않았고, 예술가는커녕 자꾸 산만해지는 머릿속을 정돈하려 애쓰는 착실한 모범생에 가까웠다.

특히 나는 좋아하는 게 정말 많았다. 언젠가 오랜 절친 M이 내게 이런 말을 건넨 적도 있었다. "보통 사람들은 각자의 호불호好不好라는 게 있잖아? 그런데 너는 호호호好好好가 있는 것 같아." 이미 술도 잔뜩 취했고, 그래서 더 무슨 말인지 모르겠던 나는 그저 호호호 웃기만 했다. M이 다시 말했다. "너는 웬만하면 다 진심으로 좋아하잖아. 이건 이래서 좋고, 저건 저래서 좋고. 어떤 건 그냥 좋아하고, 다른 건 그럼에도 불구하고 좋아하고⋯⋯."

그랬다. 난 언제나 뭐든 좋아할 준비가 되어 있는 사람이었다. 그래서 별별 것들에 다 쉽게 빠지고 크게 흥분하기 일쑤였다. 한번 좋아하기 시작하면 냉정하게 거리를 두는 게 잘 안 됐다. 늘 잔뜩 호들갑을 떨며 깊이 파고들어 속속들이 좋아해야 속이 후련했다. 게다가 좋아하는 건 또 왜 그리 많은지. 좋아하는 대상들에 일관성도 거의 없어, 아무것에나 마음을 주는 무분별한 사람처럼 보일까 봐 늘 눈치가 보였다. 물론 그런 면이 전혀 없지도 않았고. 좋아하는 걸 좋아하는 사람, 좋아하는 걸 좋아하다가 더 좋아하게 되는 사람이 바로 나였다.

무수히 많은 좋아하는 것들 중 영화를 가장 좋아해 감독이 되고 싶었다. 그래서 영화를 꿈꾸기 시작하면서부터는 다른 무언가를 좋아하는 마음들을 애써 밀어내고 그 자리를 영화로 채우려 노력했다. 특히 지난 10여 년간은 오직 영화를 생각하고 만드는 일에만 몰두하며 전력 질주했다. 그렇게 나는 정말로 영화를 만들게 되었고, 진짜로 꿈에 그리던 감독이 되었다.

너무 열심히 달렸던 탓인지, 두 번째 영화를 마친 뒤 큰 번아웃이 찾아왔다. 몸과 마음이 한꺼번에 무너져 다시 일으키기까지 시간이 꽤 걸렸다. 그런데 아무리 노력해도 잘 회복되지 않는 게 하나 있었다. 바로 영화를 좋아하는 마음이었다.

영화가 다시 예전처럼 좋아지지 않았다. 열렬히 나를 불태우며 사랑했더니 끝내 재가 되어 더는 아무 감정도 느낄 수 없게 되어버린 것 같았다. 영화를 좋아하는 마음을 완전히 소진해버린 느낌이었다. 그게 내가 가진 유일한 재주였고 매일을 살아가는 원동력이었는데. 눈앞이 캄캄했다.

그러다 문득 내게 영화 말고도 좋아하는 것들이 아주 많았다는 사실이 떠올랐다. 그랬지. 나는 호호호好好好가 있는 사람이었지. 영화에 집중하느라 잠시 가장자리에 치워뒀을 뿐, 내게는 사실 별별 것들을 다양한 방식으로 좋아하는 수많은 마음들이 있었지…….

영화 밖으로 밀어낸 나의 수많은 사랑들을 다시 돌아보고 되찾고 싶었다. 그러다 보면 내가 정말 어떤 사람이었는지, 무엇을 진짜 좋아했고 어떤 삶을 진심으로 원했는지 다시 제대로 발견할 수 있을 것 같았다. 그렇게 진짜 나를 찾게 되면, 꼭 영화가 아니더라도 어디로든 즐겁고 힘차게 다시 나아갈 수 있을 것 같았다.

그래서 나는 영화가 아닌 다른 좋아하는 마음들을 찾아 나서는 지극히 개인적인 글쓰기를 시작했다. 진심을 다해 정성껏 무언가를 좋아했던 마음들을 다시 되살리고자 이 글을 쓰기 시작했다.

그런데 글을 완성한 지금, 나는 놀랍게도 다시 영화를 좋아하는 마음에 다다라 있다. 내 안에 영화가 완전히 사라진 줄 알았는데, 그래서 더 늦기 전에 다른 좋아했던 것들이라도 지키려 끙끙대며 글까지 쓴 건데, 이제 와 돌아보니 구석구석 온통 영화 이야기뿐이다. 결국 나는 그 많은 좋아하는 것들 중에 여전히 영화를 제일 좋아하나 보다. 내가 너무 깊이 지쳐 알아차리지 못했을 뿐, 영화를 좋아하는 마음은 언제나 내 안을 가득 채우고 있었나 보다.

그리고 새롭게 발견한 사실이 하나 있다. 그 수많은 좋아하는 마음들이 결국 나를 영화로 이끌었다는 것. 그러니 이제 더는 그 마음들을 내 안에서 밀어내지 않으려 한다. 그 모든 좋아하는 마음들을 꼭 끌어안고 더 즐겁고 활기차게 달려나가기로 마음먹는다.

세상 어딘가에 혹시 나처럼 좋아하는 마음을 찾아 헤매는 누군가가 있다면, 부디 이 글이 작은 위로와 웃음이 되어

가닿았으면 좋겠다. 그리고 무엇이든 얼마만큼이든 좋아하는 마음을 꼭 되찾을 수 있기를 간절히 소원한다. 어쨌든 무언가를 좋아한다는 건 눈이 크게 떠지고 세상이 활짝 열리는 놀라운 기적이니까.

2022년 2월

윤가은

3 오직 걷기 위해서

어쩌면 나는 무언가를 좋아했던 기억과 감정을
더는 잊지 않기 위해
자꾸 나만의 리스트를 만드는지도 모르겠다.
뭔가를 좋아하는 경험은 늘 귀하고 특별한 거니까.

1 좋아하는 걸 좋아한다고 말하기

뛰고, 구르고, 소리치는 소녀들

늦가을, 친한 선배가 출연해 보러 갔던 연극 〈춤의 국가〉에 완전히 반해 며칠을 끙끙 앓았다. 전국 댄스 대회 우승을 노리는 열네 살 소녀들(과 한 소년)의 고군분투기였는데, 엄청나게 복잡한 문제들과 예민한 감정들을 용감하게 드러내고 온전히 끌어안는 실로 놀라운 작품이었다. 공연 내내 폭발하듯 뻗어나가는 배우들의 에너지에 흠뻑 취해, 나도 극 중 댄스 팀의 일원이 된 듯 같이 웃고 같이 울고 같이 춤췄다.

특히 극 중 소녀들(모두 성인 배우가 연기하지만 더할 나위 없는 열네 살 소녀인 그들) 한 명 한 명이 다 너무 좋았다. 누구 하나 단순하고 평평한 인물이 없었다. 모두가 여러 가지 면모를 동시에 지닌, 아주 복잡하고 이상하고 사랑스러운 사람들이었다. 순진한데 되바라지고, 난폭한데 다정한.

똑똑하지만 좀 미쳤고, 나약하지만 늘 용감무쌍한. 그녀들을 지켜보는 내내, 어딘가에 분명 존재할 법한 실제 십대 아이들의 마음속을 굽이굽이 탐험하며 들여다보는 기분이 들었다. 진짜 살아 있는 아이들의 모습을 날것 그대로 온전히 목도하는 느낌이었다. 황홀경이 따로 없었다.

다음 날에도 흥분은 쉽게 사그라들지 않았다. 그래서 응당 해야 할 것, 그러니까 소소한 덕질을 시작했다. 우선 공연 연출자와 배우들의 필모그래피를 살펴보기 시작했다. 예전에 인상적으로 본 몇몇 작품을 그들의 필모에서 발견하자 왠지 모를 뿌듯함에 마음이 더 고양되었다. 그래서 오리지널 공연과 배우들, 그리고 원작자 클레어 배런의 인터뷰 기사와 영상들까지 찾아보게 되었다. 물론 처음엔 작품을 더 풍부하고 심도 깊게 이해하려는 취지였다. 그런데 작가의 나이나(나보다 네 살이나 어리다니) 출신 배경(예일대 나왔으니 원래 천재였구나), 수상 이력(퓰리처상에 연극 부문이 있었어?) 등을 알게 되면서 미묘하게 의기소침해져 결국 끝까지 파고들지는 못했다. 거기서 멈췄어야 했는데……

나는 유튜브 알고리즘이 내미는 다정한 손길을 뿌리치지 못했다. 그리고 이내 거부할 수 없는 거대한 춤판 속으로 풍덩 빠져들고 말았다. 검색어가 작품의 원제인 "Dance nation"이라 그랬을까. 처음엔 세계 각지의 다양한 탤런트 쇼들에서 기막힌 댄스 실력을 뽐내는 이들의 모습이 끝없이 흘러나왔다. 기기묘묘한 춤동작으로 단번에 시선을 사로잡는 아크로바틱 공연들부터 모두가 한 몸처럼 움직이며 짜릿한 칼군무를 선보이는 메가크루의 공연들까지⋯⋯ 출중한 댄서들이 넘치는 기량을 쉼 없이 뿜어내는 미친 춤판이 계속 이어졌다. 그러다 어느새 유명 댄스 대회들의 공연 영상에 빠져들기 시작했다. 월드오브댄스의 챔피언십 시리즈는 아예 시작하질 말았어야 했다. 로열패밀리 댄스크루의 공식 채널로 넘어갔을 땐 난 이미 모두와 한 몸이 되어 영원히 춤을 출 기세였다. 그렇게 뮤지컬과 플래시 몹, 치어리더 대회 영상에 다다른 나는 무려 10여 년 만에 영화 〈브링 잇 온〉을 재생하는 순간을 맞이하게 되었다.

그랬다. 이 영화를 지극히 사랑하던 시절이 있었다. 살면서 가장 많이 본 영화를 꼽으라면 〈시스터 액트 2〉와 함께 순위권을 다투는 나름의 인생 영화기도 했다(이에 관해선 뒤에서 다시 진지하게 이야기하기로 한다). 아니 똑똑하고 씩씩한 소녀들이 한데 모여 힘을 합해 최고가 되기 위해 노력하는 이야기를 어찌 사랑하지 않을 수 있단 말인가. 그런데 막상 영화학교에 입학하던 무렵엔 정작 좋아하는 영화 목록에서 슬그머니 빼버렸다. 그래도 오랫동안 감독을 꿈꿔왔다면, 그래서 늦은 나이에 대학원까지 왔다면, 좀 더 멋진 영화를 좋아하고 꿈꾼다고 말해야 할 것 같았다. 소녀의 삶에 관심이 있어서라면 그래도 〈로제타〉 같은 걸, 춤과 열정에 관심이 있어서라면 아무래도 〈블랙 스완〉 같은 걸, 우정과 연대에 관심이 있어서라면 모름지기 〈델마와 루이스〉나 〈프라이드 그린 토마토〉 같은 걸 말해야 더 훌륭한 영화인처럼 보일 것 같았다.

그런 시답잖은 이유로 이십대 내내 사랑하던 영화를 어물쩍 지우고 떠나왔는데(이 정도면 잠수 이별이지), 10여 년이 지난 아닌 밤중에(새벽 2시쯤이었을 거다), 이렇듯 난데없이 불쑥 다시 찾아가도 되는 걸까(……자니?). 나는 구차하게 질척거리는 전 애인처럼 어색하고 경황없는 눈빛으로 우물쭈물 플레이 버튼을 눌렀다. 그리고…… 3분도 채 지나지 않아 오프닝곡에 맞춰 온몸을 신나게 흔들며 폭주하기 시작했다.

오 미키, 유아 쏘 파인
유아 쏘 파인 유 블로우 마이 마인드, 헤이 미키!

헤이, 헤이, 헤이 미키!

　여전히 놀라운 영화였다. 무려 20여 년 전에 만들어진 너무나 미국적인 하이틴 영화인데도, 그래서 지금 보면 다소 불편하고 거슬리는 농담들이 눈에 띄는데도, 여전히 통하는 미덕이 있는 멋진 작품이었다. 치어리더에 대한 뿌리 깊은 고정관념을 뒤집으려는 용감한 시도와, 1등을 하지 못해도 진심을 다하는 과정에서 절로 행복해질 수 있다는 메시지는 아직도 날 설레게 했다. 특히 영화의 시작부터 끝까지, 주체할 수 없이 뿜어져 나오는 밝고 건강한 에너지가 정말 좋았다. 뛰고, 구르고, 소리치는 보통의 여자애들을 이렇게나 멋지게 그려낸 작품은 그 이전에도, 이후에도 많지 않았다.

　그 시절, 〈브링 잇 온〉을 마르고 닳도록 볼 수밖에 없었던 이유도 바로 그 때문이었다. 살아 있는 소녀들의 진짜 활기를 지켜보는 극한의 행복. 이 영화를 볼 때마다 나는 매번 주장 토랜스(커스틴 던스트 분)의 거침없는 밝음과 지치지 않는 쾌활함에 완전히 반해버렸고, 어떤 방해물이든 다 씹어 먹을 듯한 미시(엘리자 더쉬쿠 분)의 당당함과 자신만만함에 끝 모르고 빠져들었으며, 늘 우아하고 꼿꼿하게 자리를 지키고 최선을 다하는 아이시스(개브리엘 유니언 분)의 여유와 카리스마에 기꺼이 압도당했다. 너무나도 멋진 그녀들을 진심으로 닮고 싶었다. 그들과 한 팀이 되어 같이 앞으로 나아가고 싶었다.

서로 치열하게 부딪히고 깨지는 와중에도 절대 잡은 손을 놓지 않는 소녀들. 그렇게 더 용감하고 강력해져 어마어마한 시너지를 만드는 소녀들. 그런 무시무시한 여자애들의 이야기를 어찌 감히 사랑하지 않을 수 있겠는가. 그런데 어찌하여 나란 사람은 이런 멋진 영화를 무려 10여 년이나 모른 척하며 살아왔단 말인가…….

〈브링 잇 온〉이 쏘아 올린 흥분과 광기는 결국 〈피치 퍼펙트〉 시리즈까지 정주행하고 나서야 조금 진정되었다. 아주 오랜만에 내가 정말로 좋아하는 것들에 대해 깊이 생각해보는 귀한 시간을 가질 수 있었다.

공연에 초대해준 선배에게 좋은 작품을 소개해줘서 진심으로 고맙다는 장문의 문자를 보냈다. 손가락 끝까지 영혼을 실어 춤을 추라던 〈브링 잇 온〉 속 '스피릿 핑거스' 선생의 사진과 함께. 극 중 댄스 선생 역을 맡았던 선배의 외양이 그와 미묘하게 닮아서 보낸 사진이었는데, 이를 본 선배가 웃음을 빵 터뜨렸다. 이미 아는 영화인 듯 반가워하는 눈치를 보였다. 그래. 어쩌면 〈브링 잇 온〉은 나만 몰래 숨어서 좋아하는 영화는 아닐 수도 있겠어.

좋아하는 걸 좋아한다고, 좀 더 자신 있고 당당하게 말할 수 있으면 좋겠다. 나를 더 많이 응원해줘야겠다. 비 어그레시브! 비 비 어그레시브!

몰라도 용감하게 말하기

며칠 전, 오랜만에 극장에 갔다가 매표소 직원 분께 직접 발권을 하는 일이 생겼다. 그런데 제목을 수차례 말해도 그런 영화는 상영하지 않는다는 대답만 돌아왔다. 나름 기다리던 영화라 꼼꼼히 알아보고 멀리까지 간 건데, 시간대가 틀린 것도 아니고 아예 그런 영화가 없다니 당황스러웠다. 하필 핸드폰까지 두고 오는 바람에 뭘 어떻게 확인해야 할지 몰라 정신만 혼미해졌다.

정말 이상했다. 모든 정보를 몇 번씩 확인하고 간 상황이라 더 이해가 가지 않았다. 그렇다고 직원이 잘못 알고 그러는 것 같지도 않았다. 혹시 내가 날짜를 착각한 건가 싶었다. 아직 개봉 전인가. 하지만 분명 여러 후기를 읽고 간 건데. 아니면 벌써 상영이 종료됐나. 그런데 직원이 그런 영화는 아예 없다고 했잖아. 아니 대체 난 뭘 보려고 했던 거지. 이게 다 무슨 일이지. 여긴 어디고 나는 누구지…… 하는데 불현듯 깨달았다. 내가 보려던 영화는 〈더 파더The Father〉였는데 나는 계속 〈갓파더The Godfather〉(그러니까 〈대부〉) 표를 달라고 우겼다는 걸. 영화를 보는 내내 주인공인 치매환자 '안소니'의 마음속 불안과 공포를 생생하게 느낄 수 있었던 데는 다 이유가 있었다.

그러고 보니 영화 제목을 잘못 말한 건 꽤 오랜만이었다. 요즘은 극장에 가도 거의 모바일이나 키오스크를 통하는 시스템이고, 대화를 나눌 때도 생각이 안 나면 바로 검색해서 확인하면 그만이니까. 어쩌면 뭔가를 잘못 말할 기회 자체가 사라진 것도 같았다. 전에는 이와 관련해 전설처럼 전해 내려오는 재밌는 일화도 많았는데. 이를테면 "〈단적비연수〉 두 장이요" 해야 할 것을 "〈단양적성비〉 두 장이요" 했다든가 "〈라라랜드〉 주세요" 해야 하는데 "〈라라댄스〉 주세요" 했다는 이야기들(자매품으로 〈룰루랄라〉도 있다).

사실 내 영화도 이런 사례를 자주 양산하는 축에 속했다. 학생 시절에 만든 단편영화 〈콩나물〉은 어떤 연상 작용 때문인지 '고사리'나 '콩자반' 등으로 잘못 불리는 일이 왕왕 있었고, 첫 장편영화인 〈우리들〉의 개봉을 앞두고는 마

케팅을 맡은 Y대리가 개인 SNS에 이런 감상 글을 올렸다
고 들었다. "오늘 정말 좋은 영화를 봤다. 이 영화와 함께할
수 있어 정말 기쁘다. 〈아이들〉……." 이후 두 번째 장편영
화 〈우리집〉을 만든 다음부터는 〈우리집〉을 〈우리들〉로, 또
〈우리들〉을 〈우리집〉으로 바꿔 말하는 경우를 심심찮게 보
았다. 물론 나도 그랬고.

나는 사실 이런 종류의 무해하고 귀여운 말실수를 무지
하게 좋아한다. 사람마다 웃음 버튼이 모두 다른 곳에 달려
있다던데 나는 특히 이런 '잘못 튀어나온 말'의 사례만 들
으면 유달리 정신 줄을 놓고 웃는다. 고전적인 일화로, 친구
집에 놀러 갔더니 친구 엄마가 콘플레이크를 꺼내놓고 "포
클레인 먹어라"라고 했다든가, 택시 타고 "전설의 고향 가
주세요" 했는데 기사님이 어떻게 알고 예술의전당 앞에 잘
내려주셨다든가 하는 이야기들. '산달'을 '만기일'로, '인큐
베이터'를 '컨테이너'로 바꿔 말한 예시들은 반복해 들어도
질리지 않는 나의 웃음 버튼이다.

그런 이야기를 들을 때면 언제 어디서든 재빨리 아이디
어 노트를 꺼내 열심히 받아 적곤 했다. 언젠가 꼭 내 영화
에 써먹고 말겠다는 각오와 의지를 불태우면서. 그간 수집
한 사례만 다 넣어도 오천만 국민을 웃길 코미디 영화를 만

들 수 있을 것 같았다. 그렇게 내 아이디어 노트는 점차 말실수 모음집으로 변해갔다.

요즘은 핸드폰 메모장에 기록하는데, 그 역시 유머 기록장으로 변질되는 중이다. 최근 들었던 가장 재밌는 이야기는, 누나의 안부를 궁금해하는 남동생에게 엄마가 "요즘 너희 누나 엄청 바빠. 회사 일도 많고, 판교까지 텔레파시도 배우러 다니잖아" 했다는 일화다(어머님, 필라테스요). 저 이야기를 들은 날 종일 배가 찢어지게 웃으며 99퍼센트의 확률로 '키친타월'을 '치킨타월'이라 부르는 우리 엄마를 떠올렸다. 텔레파시와 필라테스, 치킨과 키친 사이에 흐르는 그 희박하지만 나름 그럴듯한 유사성에 대해 한참을 생각했다. 그렇게 애매하게 닮은 단어를 용케 떠올리고 과감히 실험해본다는 것 자체가 가히 천재적으로 느껴지기도 했다. 기억나지 않는 것들에 대해선 대체로 공백이 잘 채워지지 않고, 의심이 많아 알고 있는 것도 잘 말하지 못하는 나로선 그런 유연한 사고와 대범한 실행이 늘 놀랍고 부러울 따름이었다.

어린이들의 사례엔 더 큰 웃음과 감동이 도사리고 있다. 세상 모든 사람들이 읽고 은혜 받기 바라는 김소영 작가의 『어린이라는 세계』* 도입부에는 어린이들의 기상천외한 말실수들이 소개되어 있다. 할머니 생신 잔치에 다녀와 "정말 성수신찬이었다"고 감탄하고(진수성찬), 피규어를 사느라 "용돈을 탈진했다"고 설명하는(탕진했다) 어린이들. 정말 희한하지만 묘하게 수긍이 가는 어린이들의 기막힌 말실수 퍼레이드에 나는 그만 웃음이 빵 터져버렸다. 김소영 작가는 이를 '새로 배운 말을 꼭 써보려는 어린이의 전형적인 허세'라고 짚어냈는데 깊이 동의하는 바였다. 그렇게 생각하니 더 웃음을 멈출 수 없었다. 새롭게 익힌 어려운 말을 열심히 잘못 외워놓고 그저 으쓱해할 어린이들의 모습이 선명히 그려졌다. 때가 왔을 때 조마조마해하며 결정타를 날린 뒤 의기양양 뿌듯해할 모습도 눈에 선했다. 집에서 읽은 게 천만다행일 정도로, 나는 종일 큰 소리로 웃으며 바닥을 데굴데굴 굴러다녔다. 여담이지만, 제발 너무 재밌는 책의 표지엔 꼭 '폭소 주의' 같은 경고문을 실어주면 좋겠다. 독서를 위해 자주 찾던 동네 단골 카페는 김혼비 작가의 『우아하고 호쾌한 여자 축구』를 읽은 뒤 다시는 갈 수 없게 되었으니까. 그 뒤론 웃길 조짐이 보이는 책은 웬만하면 집에서 읽는다. 이러다 이사 날이 앞당겨지는 건 아닐지 조금 걱정되긴 하지만.

* 『어린이라는 세계』(사계절, 2020)

생각해보면 어린이들의 허세는 정말 대담하고 진지하다. 그래서 때론 틀린 표현이 있어도 잡아내기 어렵고, 대놓고 웃기엔 미안한 마음이 들 때가 많다. 확실히 어린이들은 새말을 익히는 과정에서 필히 겪을 수밖에 없는 실수나 실패를 크게 두려워하지 않는 것 같다. 아니 두려울지언정 과감히 시도해보고 틀리면 수정해나갈 수 있는 엄청난 용기가 있는 것도 같다. 그래서 어린이들은 그렇게 쉽고 빠르게 새로운 말들을 익히고, 끝내 자기 것으로 만드는지도 모르겠다. 그들의 용감한 마음을 닮고, 배우고 싶어졌다.

그러고 보니 나도 나름 호기롭게 허세를 부리며 새로 배운 말들을 써보던 시절이 있었다. 초등학교 3학년이었나. 한글날을 기념하는 작은 글짓기 대회에 짧은 글을 써서 제출했는데, 나중에 우연히 그 글을 본 엄마가 웃음이 빵 터져서 나를 놀려대기 시작했다. "한글은 서정적인 언어다"라고 쓴 문장 때문이었다. 당황했다. 사실 나도 정확히 알고 쓴 말은 아니었다. 그냥 어디선가 봤던 그 단어가 멋있어 보여서 대충 어울릴 것 같은 자리에 시험 삼아 써본 거였다. 으 창피해. 이후 엄마는 '서정적'이라는 말이 '감정이나 기분, 분위기 같은 것을 가득 담고 있다'는 의미라고 가르쳐주었다. 그런데 설명을 듣자 더 혼란스러웠다. 나는 한글을 쓸

때마다 여러 감정이나 기분을 느끼는데? 다양한 정서를 듬뿍 만끽하는데? 그럼 정확히 쓴 말 아닌가? 괜히 내가 어린 애라고 얕잡아보는 거 같은데? 그래서 나는 다시 강력히 주장하기 시작했다. 그렇다면 나는 제대로 쓴 게 맞다고. 나는 한글을 서정적이라고 느낀다고. 엄마가 그렇게 느끼지 못하는 것뿐, 나는 한글이 얼마나 서정적인 언어인지 아주 잘 알고 있다고…….

엄마는 아직도 그때 일로 종종 나를 놀려먹는다. 하지만 이제 더는 부끄럽지 않다. 어쨌든 그날 이후 나는 '서정적'이라는 말을 더 잘 이해하고자 더 자주 실험해보게 되었으니까. 그리고 여러 시행착오 끝에 그 말을 제대로 사용할 수 있는 사람이 되었으니깐(하지만 여전히 내 마음의 1퍼센트 정도는 한글이 서정적인 언어라고 믿고 있다).

어른이 되고 특히 글 쓰는 일을 하게 되면서, 어쩐지 점점 더 겁내고 움츠러드는 때가 많아지고 있다. 그래서 용감한 사람들의 다양한 말실수 일화를 더 자주 떠올리는 걸지도 모르겠다. 내 안에도 다시 그런 마음들이 피어나면 좋겠다. 잘 몰라도 용감하게 도전해보는 마음. 틀리면 다시 배우고 익히려는 단단한 마음. 실수를 실험으로, 실패를 실현으로 바꾸는 용감무쌍한 마음이 절실히 필요한 요즘이다.

꽃은 늘 옳다

다행이다. 열흘도 더 전에 꽃 시장에서 데려온 꽃들이 여전히 싱그럽게 웃고 있다. 꽃의 이름은 버터플라이 라넌큘러스. 수년 전 우연히 보고 한눈에 반해, 매년 겨울이 오면 이꽃만 주구장창 들여놓는다. 정말 나비가 팔랑팔랑 날갯짓을 하듯 절로 아름답게 흐드러지는 우아하고 멋진 꽃이다.

억울하다. 이렇게 사랑하는 꽃을 즐기지도 못한 채 각종 스트레스성 질병으로 앓아 누워만 있었다. 화병의 물을 갈아줄 때가 됐는데, 줄기 끝을 잘라줘야 하는데, 어서 돌보지 않으면 모두 말라 죽어갈 텐데…… 하며 종일 병상에서 커튼 속 꽃무늬만 헤아렸다. 흐물흐물해진 몸속에 불안과 초조만 잔뜩 피어오른 지독한 일주일을 보내야 했다.

그런데 오늘 아침 겨우 정신이 들어 살펴보니, 입을 꾹 다물었던 작은 꽃봉오리들이 그새 화병 안의 물을 모두 삼키고 활짝 피어올라 있었다. 시들기는커녕 전보다 더 풍성해지고 해사해져 반짝반짝 빛나고 있었다. 뭉클했다. 역시 꽃들은 혼자서도 씩씩하게 잘만 살아내고 있었다. 그래, 그럼 그렇지. 누가 누굴 걱정하고 앉았니. 나나 잘하자. 제발 나도 꽃처럼 잘 좀 살아보자.

역시 꽃은 늘 옳다. 꽃을 보고 있으면 꽃에 어울리는 좋은 생각들이 자꾸 떠오르고, 그래서 좋은 일을 더 많이 하고 싶어진다. 그래서 꽃이 더 좋아진다. 꽃을 받는 것도 좋아하는데 주는 것도 좋아한다. 꽃을 사는 것도 좋아하지만 키우는 건 더 좋아한다. 시시각각 다양한 모습으로 변하는 꽃의 모든 시절을 다 좋아한다. 꼭 닫힌 봉오리들이 스스로 입을 여는 순간부터, 최선을 다한 잎들이 자연히 고개를 떨구는 순간까지. 꽃이 있는 풍경에는 늘 애틋한 감동이 있다. 피고, 지고, 다시 피어나는 생명이 전해주는 친밀하고도 생경한 감격이 늘 꽃 속에 도사리고 있다. 그래서 늘 가까이에 꽃을 두려고 노력한다. 꽃을 통해 자주 손쉽게 벅차오를 수 있어 정말 좋다.

늘 꽃을 좋아했던 건 아니다. 그렇다고 딱히 싫어했다

든가 하는 건 아니고, 그냥 별 관심이 없었다. 짧지도 길지도 않은 생의 대부분 동안 나는 꽃이 있는지 없는지도 모른 채 그냥 살아왔다. 내가 자라나느라 바쁘고 정신없어서. 나를 피워 올리는 것만으로도 충분히 숨차고 버거워서. 물론 내 삶을 살아내느라 보지 못한 것이 어디 꽃 하나뿐일까 싶긴 하지만.

그래도 꽃을 볼 때 이따금 떠오르는 다정한 기억이 하나 있다. 어린 시절, 작은 놀이터와 화단이 꽉꽉 들어찬 아늑한 대단지 아파트에 살았다. 그땐 하루 일과가 얼마나 단순하고 알차게 구성되어 있었는지 모른다. 아침밥을 먹으면 곧바로 자전거를 끌고 나가 동네 구석구석을 누비고 다녔고, 다시 집에 와 점심밥을 먹고는 금세 놀이터로 달려가 모래와 땀으로 잔뜩 치장하고 종일 신나게 뛰어놀았다. 그리고 해 질 녘이면 근처 폭신한 풀밭에 드러누워 이름 모를 풀벌레를 구경하다 저녁밥을 먹으러 집에 들어갔다. 인생에서 가장 즐겁고 꽉 찬 하루를 보내던 시절이었다.

그러던 어느 날, 아직 해가 질 때도 안 됐는데 홀로 풀밭 구석에 앉아 있게 되었다. 그것도 아주 속상한 마음으로. 어쩌다 그런 심정이 되었는지 지금은 전혀 기억나지 않지만, 눈물을 꾹 참으며 느꼈던 슬픔과 서러움만큼은 생생하게 떠오른다. 한참을 그렇게 속절없이 풀만 뜯고 앉아 있었는데, 문득 멀리 풀밭 한가운데 초등학교 고학년쯤 되어 보이는 몇몇 언니들이 옹기종기 모여 앉은 모습이 보였다. 다들 쉴 새 없이 손을 꼼지락거리며 뭔가에 한껏 몰두하고 있었다.

그 뒤로는 파편적으로만 기억이 난다. 그중 한 언니와 문득 눈이 마주쳤던 것도 같고, 한두 언니가 다가와 혼자 뭐 하느냐고 물어봤던 것도 같다. 그러다 어느새 나도 언니들 사이에 끼어 앉게 되었다. 가만 보니 언니들은 동그랗고 하얀 꽃을 한 아름 따다가 반지며 팔찌며 커다란 화관까지 척척 만들어내고 있었다. 누군가 내 손에도 그 하얀 꽃을 들려주었다. 그 꽃의 이름이 화단마다 흔하게 만발했던 토끼풀꽃이라는 것은 아주 나중에서야 알게 되었다.

한 언니가 내게 꽃반지 만드는 법을 알려주었다. 꽃줄기를 반으로 갈라 다른 꽃줄기를 넣고 팽팽히 당겨 내 손가락에도 예쁘게 하나 엮어주었다. 꽃을 만지던 그녀의 단단한 손가락이 아직도 눈앞에 선하다. 그 손길이 얼마나 거침없고 정확했는지, 또 어찌나 부드럽고 섬세했는지 모두 다 기억하고 있다. 그날 오후 내내, 나는 언니들을 따라 열심히 토끼풀꽃 반지를 만들었다. 무엇이든 단숨에 뚝딱 만들어내는 언니들의 손을 연신 훔쳐보면서. 내 손도 언젠가 그렇게 멋진 손으로 자랄 날을 두근두근 상상하면서. 어느새 상심 했던 마음은 사라지고 벅찬 기대만이 가득 차올랐다. 내 안 에 꽃이 한가득 피어올랐다.

그렇게 운명처럼 꽃에 빠져들…… 만큼 인생이 단순 하게 흘러가진 않았다, 물론. 그래도 이따금 그날을 떠올리 며 꽃으로 이것저것 만들어보는 즐거운 시간을 보낼 수 있 었다. 그리고 어쩌다 한 번씩은, 꽃으로 마음이 물드는 고운 순간들을 마주하기도 했다. 이를테면, 늘 거리가 있던 친구 한 명과 우연히 학교 화단에 핀 사루비아꽃을 같이 따 먹으 며 가까워진 일이라든가, 배낭여행 중 같은 방을 쓰게 된 다 른 나라 친구가 어제는 하늘이 너무 예뻐서, 오늘은 맛있는 점심을 먹어서 같은 이유로 매일 꽃을 사와 고단한 창가를 밝혔던 일 같은. 꽃잎 물들어가듯 절로 좋은 마음이 우러나 는 순간들이 내게도 가끔 한 번씩은 찾아와주었다.

가만. 그런데 지금 보니 꽃 때문이 아니었네. 꽃과 함께 다가온 사람들이 내게 좋은 마음을 전해주었네. 꽃 속에 사 람이 있었네.

나는 내가 축하할 거야

신난다. 사흘 밤만 지나면 드디어 생일이다. 그것도 태어나서 서른아홉 번째로 맞이하는, 삼십대의 진짜 최종_파이널_마지막_확정 생일날이다. 생일을 앞두고 우울해지는 사람도 많다는데, 나는 한참 우울하다가도 생일이 다가오면 그렇게 기분이 좋아질 수가 없다. 얼마나 즐겁고 들뜨는지 때론 친구들에게 먼저 나서서 축하해달라고 조르기도 한다. 정작 축하받아 마땅한 일엔 고개도 못 들 정도로 민망해하는 내가 생일날만큼은 한껏 비대해진 자아로 기쁨을 만끽한다. 나도 참 어지간히 이상한 사람이다.

　나만의 좀 독특한 생일 전통이 있다. 내 생일 파티는 내가 기획하고 주최한다는 것. 성대한 축제라도 한판 벌이려는 것이냐 하면 물론 전혀 아니다. 그저 어디서 누구와 무엇을 하며 보낼지 아주 신중하게 결정하고 실행할 뿐이다. 때론 친구들과 떠들썩하게 노는 꽉 찬 하루를 보내기도 하지만, 대부분은 고요하고 오붓한 혼자만의 시간을 가지려고 노력한다. 물론 그럴 때도 돈과 시간과 마음을 듬뿍 쏟아 오직 나를 위한 하루를 보내기 위해 최선을 다한다. 멋진 생일 선물도 사주고, 맛난 음식도 대접하면서, 온 정성을 다해 내 생일을 진심으로 축하해준다. 사실 늘 그랬던 건 아니다. 어느 해, 좀 이상한 생일을 보낸 뒤 마음을 고쳐먹고 애쓴 결과다.

그해 생일은 아침에 일어날 때부터 좀 찜찜한 기분이었다. 긴 방학을 보내며 몸과 마음이 다 찌뿌둥해졌는데, 며칠째 이어진 폭설로 집에 꼼짝없이 갇힌 와중이었다. 결국 그런저런 사정으로 친구들과의 만남도 다 취소되었고 나 홀로 고독한 생일을 맞이할 것만 같은 슬픈 예감은 왜 틀린 적이 없나……. 부모님은 아침 일찍 인사도 없이 출근하신 뒤였고 남동생은 해가 중천에 뜨도록 일어날 생각이 없었다. 전날까지 앞다투어 무슨 선물을 바라냐고 큰소리쳤던 귀여운 친구들도 어째 연락 한 통이 없었다. 서운한 마음이 스멀스멀 차올랐다.

점심 무렵, 친구 집에 놀러간다던 동생이 예상보다 일찍 돌아왔다. 요 귀여운 녀석이 친구 집이 아니라 사실 내 생일 선물을 사러 갔다 왔구나 하는 기대감을 안고 현관문을 열었는데…… 이 고약한 놈이 제 먹을 간식만 양손 가득 사 들고 와서는 곧장 방으로 들어가버렸다. 혹시나 해서 봉투를 슬쩍 훔쳐봤지만 내가 좋아하는 과자는 하나도 없어 더 서운해졌다. 나는 오후 내내 제발 좀 알아봐달라는 듯 토라진 티를 팍팍 내고 다녔다. 물론 다 부질없었다. 한참 게임에 빠진 녀석은 애초에 제 누나가 집에 있었다는 사실조차 인지하지 못한 듯했다.

저녁이 되자 일터에 있던 엄마가 다급한 목소리로 전화를 걸어왔다. 엄마는 다짜고짜 내게 저녁 먹었냐고, 배고프지 않느냐고 물었다. 아아. 역시 엄마밖에 없어. 최근 정신없이 바빴던 엄마는 외식으로나마 생일 깜빡한 걸 만회하려는 듯 보였다. 괜히 마음이 짠해진 나는 속으론 이런저런 메뉴를 떠올리면서도, 겉으론 짐짓 모른 척 왜 저녁 여부를 묻느냐고 되물었다. 그러자 엄마는 오늘도 늦게 퇴근할 것 같으니 동생이랑 먼저 저녁을 먹으라고 했다. 밥은 햇반 돌리고 반찬은 냉장고에 남은 거 알아서 꺼내 먹으라고. 다 먹고 그릇은 제발 물에 좀 담가놓으라고. 설거지는 안 해도 되지만, 시간 나면 차라리 빨래를 개고 어쩌고저쩌고…… 하는, 다 아는 이야기를 한참 하다가 다시 급하게 전화를 끊었다. 나는 이제 빨래까지 개야 할 처지에 놓였다.

그냥 다 잊고 자버려야지 싶어 방바닥에 벌렁 누웠다. 물론 잠은 전혀 오지 않았다. 불 꺼진 천장 위로 매년 직접 나서서 축하해준 수많은 이들의 생일날이 하나둘 떠올랐다. 그들을 위해 공들여 준비했던 다양한 선물들, 재밌는 이벤트들도 주마등처럼 스쳐 지나갔다. 아니 어쩜 그중 누구 하나 내 생일을 기억하는 이가 없을까. 다른 날도 아니고 1년에 딱 하루뿐인 태어난 날인데. 다들 좀 너무하는 거 아닌가. 내가 딱 그 정도의 사람이란 건가. 이래서 너무 잘해주지 말라고 하나 보다. 아무리 최선을 다해 챙기고 애써봤자 결국 나 혼자 남는 걸. 난 영원히 이렇게 살아가겠지. 대체 난 왜 태어났을까……. 참았던 서러움이 복받쳐 가슴이 꽉 막혀왔다. 눈물이 왈칵 쏟아지려 했다.

그때, 현관문이 열리는 소리가 들렸다. 이어 종이인지 비닐인지 모를 것이 크게 부스럭거리는 소리도 같이 들려왔다. 나는 끝내 마지막 남은 기대를 버리지 못한 채 조심스레 방문을 열고 나가보았다. 그런데 거실 한복판에 막 퇴근한 아빠가 웬 커다란 봉지를 손에 들고는 나를 향해 환하게 웃고 있었다. 눈물이 쏙 들어갔다. 마음이 스르륵 녹아 내렸다. 그제야 마음이 좀 풀린 나는 봉지를 낚아채며 말했다. 오늘 내 생일인 거 아빠밖에 모른다고. 진짜 아빠가 최고라고. 순간 오만 가지 감정이 스치는 아빠의 얼굴을 뒤로한 채 나는 곧장 방으로 들어와 봉지를 풀어 헤쳤다. 그런데 그 안엔 집 근처 할인마트에서 산 게 분명한 커다란 플라스틱 쓰레기통 하나가 덩그러니 들어 있었다. 며칠 전 쓰레기통이 부서졌다고 투덜거렸던 아빠의 모습이 그제야 떠올랐다.

쓰레기통을 부여잡고 한참을 멍하니 앉아 있었다. 크기는 또 왜 그렇게 큰 건지 작은 방 안에 놓을 데도 없었다. 솔직히 디자인이라도 마음에 들었으면 또 모르겠다. 그런데 조악한 디자인은 둘째 치고 한쪽 모서리가 살짝 깨져 있기까지 했다. 그래서 이천 원에서 오백 원 더 할인했던 것 같고(가격표도 고스란히 붙어 있었다). 모르겠다. 그냥 모든 게 다 어이가 없었다. 누구도 몰라주는 외로운 생일날 아빠한테서 괴상한 쓰레기통을 갈취해놓고 넋 나가 있는 사람은 세상에 나밖에 없을 것 같았다. 도대체 이게 다 무슨 일인데. 이 일을 어떻게 해석해야 하냐고. 이건 정말 해도 해도 너무 우…… 웃기잖아하하하하하…….

웃겼다. 웃겨도 너무 웃겼다. 나는 쓰레기통을 끌어안

고 깔깔거리며 온 방 안을 굴러다녔다. 막 퇴근하고 들어온 엄마가 그런 나를 보고 영문도 모른 채 같이 웃기 시작했다. 나는 어리둥절해하는 엄마를 보며 다시 웃음이 터졌다. 그제야 게임을 멈추고 나온 동생이 자기도 무슨 일인지 알려달라며 기웃거리기 시작했다. 동생의 눈빛이 너무도 간절해 나는 또다시 웃음이 솟구쳤다. 잠시 후 씻고 나온 아빠가 일단 그 쓰레기통은 돌려주면 좋겠다고 말했다. 아빠는 정말 진지했고, 나는 이제 웃다 기절할 지경이었다. 진짜 웃겼다. 세상에 이렇게 엉망진창으로 웃기는 날이 또 있을까 싶었다. 그렇게 생각하니 더 웃겼고, 자꾸 웃으니까 속이 뻥 뚫린 듯 시원해졌다. 아침에 눈 뜨고 처음으로, 몸도 마음도 상쾌한 기분이 들었다.

그랬다. 그렇게 하루 종일 신나게 웃을 수도 있는 날이었다. 애초에 마음만 제대로 먹었다면, 그렇듯 충분히 즐거운 시간을 보낼 수도 있는, 그랬어야 마땅한 소중한 생일날이었다. 그런데 왜 그런 좋은 기분을 다른 누군가가 선사해주기만을 기다린 걸까. 내가 언제 진짜로 웃을 수 있는지 제일 잘 아는 사람이 바로 나인데. 내가 어떤 선물을 가장 좋아하고, 어떤 하루를 보내야 가장 기쁜지 제일 속속들이 잘 아는 사람이 바로 나인데. 왜 정작 내가 나를 모른 척하고 손 놓고 전전긍긍하기만 했을까. 내 생일을 진심으로 정성 껏 축하했어야 하는 사람은 다른 누군가가 아닌 바로 나 자 신이었는데.

나는 끝내 아빠께 쓰레기통을 돌려드리지 않았다. 간신 히 찾아낸 행복한 생일의 비법이 그 안에서 샘솟는 것처럼 느껴져서였다. 어쨌든 그해 받은(사실 빼앗은) 유일한 생일 선물이기도 했고. 그날 이후 굳게 마음먹었다. 더는 다른 누 군가의 축하를 기다리지 말자고. 내가 제일 먼저 나서서 나 를 가장 많이 축하해주자고. 내가 내 생일의 진짜 주인이 되 자고.

생각해보면 생일은 정말 대단한 날이다. 한 해를 무사 히 버텨내고 또다시 새로운 한 해를 맞이한다는 건, 엄청난 노력과 굉장한 행운이 모두 뒷받침되어야만 가능한 일대 사 건이다. 돌아보면 세상엔 아무리 열과 성을 다해도 더는 나 이를 먹을 수 없는 이들이 도처에 있다. 아무리 원하고 바라 도 다시는 생일을 축하해줄 수 없는 이들이 너무도 많다. 그 러니 어떻든 이렇게 살아남아 또다시 생일을 맞이한다는 건 실로 놀라운 축복이고 기적이 아닐 수 없다. 혹 다른 이들이 그 경이와 아름다움을 몰라준대도, 내가 내 시간들을 잘 버티고 살아내 새로운 날을 맞이하게 되었다는 진실만큼은 절대 훼손될 수 없다.

그러니까 나는 올해도 내가 직접 나서서 내 생일을 축하할 거다. 온몸과 마음을 다 바쳐, 내가 나를 제일 많이 축하할 거야!

그런 취향 Part 1

"그런 것도 봐요? 그런 취향은 전혀 아닐 것 같은데……."

최근 재미있게 본 작품이 뭐냐는 질문에 솔직히 답하면 종종 저런 말을 듣는다. 영화를 만들고부터는 더 자주 듣는다. 때로 내 답변에 놀라 다음 말을 찾지 못하고 머뭇거리는 이들도 있다. 어색한 미소 속에 묘한 침묵만 흐를 때도 있다. 나로선 그런 반응이 그저 예상 밖의 놀라움인지 알 수 없는 실망감인지 헷갈릴 때가 많다. 그러면 바짝 긴장해 나중에 후회할 이상한 변명이나 쓸데없는 사족을 횡설수설 덧붙이게 된다.

"아니 제가 원래 이것저것 많이 봐서요……."(사실이긴 함)

"그냥 스트레스 풀려고 보는 거죠, 뭐……."(그렇다기엔

너무 몰두 중임)

"실은 요즘 아녜스 바르다랑 켄 로치 영화를 다시 보고 있는데⋯⋯."(완전 뻥임)

얼마 전 〈우리들〉 〈우리집〉을 같이 만든 안지혜 미술감독의 새집에 집들이를 갔는데 그때도 저 말을 들었다. 오랜만에 만난 동료들과 다들 무슨 낙으로 살고 있는지 나름 진솔한 대화를 이어가던 중이었다. 늘 빡빡한 작업으로 눈코 뜰 새 없이 바쁜 박세영 편집감독은 최근 간신히 틈을 내어 드럼과 테니스를 배우는 중이라며 뿌듯해했다. 긴 촬영을 마치고 오랜만에 휴식을 만끽 중인 김지현 촬영감독은 우연히 가족이 된 반려묘 참깨를 극진히 모시는 게 요즘 최고의 기쁨이라고 했다. 나는 풀릴 듯 말 듯한 작업으로 골머리를 앓고 있지만 그래도 드라마 〈펜트하우스〉와 〈결혼작사 이혼작곡〉을 보는 재미로 에너지를 충전한다고 털어놓았다. 그 순간, 지혜 미감의 눈이 동그래졌다. 그녀는 내게 '그런 취향'이 있는지 전혀 몰랐다며 깜짝 놀랐다. 하긴. 나도 스쿠버다이빙에 푹 빠진 그녀가 최근 무려 100회 다이빙을 달성했다는 소식에 놀라 입을 다물지 못했으니까. 나름 생사고락을 함께한 소중한 전우들인데, 정작 일상의 관심사는 나눌 기회가 많지 않았다는 사실에 왠지 모를 미안함과 애툿함이 차올랐다.

다행히 그녀는 나의 '그런 취향'이 반가운 눈치였다. 그녀는 자신도 최근 넷플릭스에 올라온 〈결혼작사 이혼작곡〉을 우연히 본 뒤 기묘한 임성한 월드에 빠져드는 중이라고 고백했다. 그러자 세영이도 기다렸다는 듯 자신은 어쩌다 〈펜트하우스〉 시즌1 요약본 영상을 봤는데 너무 재밌어서 결국 시즌2를 본방 사수하게 되었다며 흥분했다. 반면 지현 오빠는 자신은 원래 드라마는 잘 안 본다고, 두 드라마 모두 애청자인 아내의 어깨 너머로 몇 번 본 게 다라고 했다. 그러면서 어쩐 일인지 각 드라마의 세세한 디테일들은 잘도 기억하고 있었다. 각 잡고 본 게 아니라면 절대 알 수 없을 사소한 유머 포인트까지도. 놀라웠다. 나야말로 모두들 '그런 취향'을 갖고 있었는지 꿈에도 몰랐다. 알고 보니 우리는 모두 '그런' 것들을 좋아하는 '그런' 사람들이었다.

사실 '그런 취향'이 정확히 무엇을 가리키는지는 아직도 잘 모르겠다. 절대 내 분야가 아닌 듯한 것들을 좋아하는 게 '그런 취향'이라면, 맞다. 나는 그런 것들을 의외로 열심히 즐겨 보고 뜻밖에 참 좋아한다.

통속의 탈을 쓰고 자극적으로, 뜨겁게, 거침없이 직진하는 소위 '막장드라마'도 그중 하나다. 솔직히 나로선 그런 드라마들이 어떻게 취향이 아닐 수 있는지가 더 의문이다. 단맛, 짠맛, 매운맛, 고소한 맛을 다양하게 선보이는 굉장한 맛집들이 이렇게나 많은데 어떻게 늘 담백하고 슴슴한 집밥만 먹는단 말인가. 물론 매일같이 오색찬란한 산해진미를 즐기는 것도 다소 피곤하고 부담스러운 일일 수는 있다. 그러면 또 날마다 먹던 뻔하고 익숙한 레토르트식품의 맛이 그리워지겠지. 그러니까 결론은 주로 집밥을 먹으면서 종종 외식도 하고, 가끔은 편의점에서 때우지만 이따금 배달도 시켜 먹고, 뭐 그렇게 뭐든 골고루 잘 먹으며 사는 게 균형 잡힌 삶이 아닐까 하는…… 사실 정리가 잘 안 되는데…… 아무튼 나도 짜파게티가 땡기는 날이 있는데, 그럴 때면 작정하고 짜파게티 요리사가 되어 누구보다 맛있게 해 먹는다는 소리다(왜 자꾸 먹는 얘긴지).

아무튼 그래서 말인데…… 사실 내 인생 드라마 중 하나는 1999년부터 2014년까지 2개의 시즌에 걸쳐(중간에 2년 7개월의 공백이 있다) 장장 603화를 방영했던 KBS의 〈부부클리닉 사랑과 전쟁〉이다(2021년 11월 공개된 〈NEW 사랑과 전쟁〉은 아직 못 봤다). 한창 고삐 풀려 놀아도 모자랄 이십 대 내내, 가장 불타오를 금요일 밤이 되면 나는 부득불 집에 기어들어 와 TV 앞에 앉았다. 그리고 한껏 기대에 찬 마음으로 〈사랑과 전쟁〉을 틀었다.

내겐 그보다 흥미진진하고 짜릿한 유흥이 없었다. 그저 사람들이 어떤 사정으로 만나고 헤어지는지를 지켜볼 뿐인데도 손에서 땀이 나고 심장이 두근거렸다. 참 신기한 드라마였다. 결혼과 이혼, 양육과 부양 같은 지난한 일상사 안에 온갖 기대와 예상을 뛰어넘는 별별 종류의 사건사고들이 끝없이 펼쳐졌다. 어떤 인간도 단순하지 않았고, 어떤 관계도 간단하지 않았다. 늘 뭔가가 더 있었다. 애정 뒤엔 희생이, 희생 뒤엔 배신이, 배신 뒤엔 복수가, 복수 뒤엔 전쟁이 이어졌다. 그리고 전쟁 뒤엔…… "4주 후에 뵙겠습니다"라는 허공에의 외침만 남았다. 아, 인생 대체 뭘까.

또 매주 시청 경험이 쌓이면서 자연스레 생겨나는 통찰도 있었다. 지극히 평범해 보이는 보통의 사람들도 알고 보면 모두 굉장히 특수하고 개별적인 존재들이었다(다들 어느 정도는 지랄 맞은 구석이 있었다). 또 너무 일반적이고 전형적인 듯 보이는 일상의 문제들도 깊이 들여다보면 사실 엄청나게 크고 복잡한 딜레마를 끌어안고 있었다(모두 보이는 것보다 더 엉망진창이었다). '세상에, 저런 집구석도 있다니!' '맙소사, 저런 인간도 숨을 쉬고 살고 있네?'를 연발하며 감정이입 하다 보면, 결국 저런 인간과 저런 집구석이 나나 우리 집안과 크게 다르지 않음을 깨닫는 각성의 순간도 찾아왔다. 그리고 아주 가끔은 '그래도 내 처지가 좀 낫지 않나' 하는 묘한 우월감에 사로잡혀 이상한 위로와 용기를 얻기도 했다. 그러니까 이 드라마는 뭐랄까, 무수히 많은 사례를 통해 온갖 종류의 인생사를 간접 체험해보는, 그렇게 내가 어떤 상태로 어디쯤 와 있는지 슬쩍 감을 잡아보는 신박한 인생 수업에 가까웠달까……?

한편 고정 출연하는 배우들의 변화무쌍한 연기를 지켜보는 것도 〈사랑과 전쟁〉의 큰 재미 중 하나였다. 지난달엔 전대미문의 난봉꾼을 연기했던 배우가 이번 달엔 환상에 가까운 순애보 남편을 연기했다. 또 이번 달엔 희생밖에 모르는 현모양처를 연기한 배우가 다음 달엔 자신밖에 모르는 야욕의 아내를 연기할 예정이었다. 드라마를 만드는 방식자체가 배우들의 연기 스펙트럼을 더 폭넓고 다양하게 확장시키는 느낌도 들었다. 그런 특이점을 이야기의 반전에도 적극 활용해 매주 더 예측 불가하게, 더 궁금하게 만드는 정말 영리하고 멋진 드라마였다.

분명 제2의 〈전원일기〉1980년부터 2002년까지 총 1088부작으로 방영된 MBC 드라마가 될 거라 믿었던 이 명작 드라마가 십수 년의 역사를 뒤로하고 막을 내렸을 때 나는 세상을 잃은 기분이었다. 이후 비슷한 주제와 형식의 드라마나 예능이 많아지기는 했지만, 그 시절의 〈사랑과 전쟁〉만큼 진지한 태도로 사람과 관계에 대한 의미 있는 성찰을 보여주는 프로그램이 과연 몇이나 있을까 싶다. 부디 언제고 그 모습 그대로 부활해 나의 금요일 밤을 다시 활활 불살라주기를 여전히 강력히 소망하는 바이다.

숨 쉬는 법을 잊어버린 날에는

영화 〈우리들〉 준비로 한창 정신없던 초여름, 오랜만에 절친한 동기들을 만나 오붓한 술자리를 가졌다. 다들 영화학교를 졸업한 뒤 생애 첫 장편영화를 준비하느라 각자의 자리에서 치열한 전투를 치르는 중이었다. 이런저런 흥미진진한 무용담을 나누며 즐겁게 떠들던 와중에 문득 S가 내게 물었다.

"그런데 언니는 담배도 안 피우고, 술도 잘 안 마시고, 연애도 자주 안 하고…… 그럼 대체 영화 하면서 받는 스트레스는 다 어떻게 풀어요? 정말 괜찮은 거야?"

답을 기다리는 S의 눈빛이 너무도 진지해 다들 웃음이 터졌다. 그리고 아니나 다를까, 서른 번쯤 들어온 익숙한 농담들이 오가기 시작했다. 저런 모범생이 알고 보면 더 변태 같은 취미가 있더라, 사실 스트레스마저 영화로 풀어버리는 진정한 영화인 아니냐 같은. 나는 술은 체질 때문에, 담배는 배움에 실패해서, 연애는…… (잠깐 울고) 아무튼 잘 '못 하는' 거지 절대 '안 하는' 게 아니라고 강력히 주장했다. 그리고 모두 이런 나를 긍휼히 여겨 일단 소개팅부터 주선하는 게 좋겠다고 적극 제안했지만 어쩐지 외면당했고…….

그래도 영화를 시작한 뒤 못 하는 것들이 늘어나는 씁쓸한 현실에 대해서는 다들 격하게 공감했다. 한 동기는 영화를 꿈꾸게 한 최애 감독의 신작이 개봉했는데 정작 시나리오 마감에 발이 묶여 몇 주째 극장 문턱도 밟지 못한 상태였다. 그렇게 우리의 대화는 곧 '영화를 하며 잃어버린 우리네 101가지 소중한 일상'으로 넘어갔고, 이내 '애초에 영화를 좋아하지 않았다면 지금 우리는 좀 더 행복했을까'로 이어지다, 늘 그래왔듯 '다 전생의 업보니 잔말 말고 정진해 명작을 만들어 다음 생엔 반드시 비非영화인으로 태어나자'는 다짐에 이르러서야 겨우 끝이 났다.

그런데 그날 이후에도 S의 목소리는 마음속에 남아 바쁜 내게 자꾸만 말을 건넸다. "그래서? 언니는 지금 스트레스를 어떻게 풀고 있는 건데? 진짜 괜찮은 거 맞아요?" S는 늘 세심하고 살뜰하게 주변을 챙기지만 진심이 아니거나 불필요한 말은 절대 하지 않는 정확한 친구였다. 그녀의 질문엔 분명 예리한 통찰이 담겨 있을 터였고, 그래서 더 명쾌한 대답으로 그녀를 안심시키고 싶었다. 그래야 나도 홀가분한 마음으로 다시 일에 집중할 수 있을 것 같았다.

하지만 아무리 생각해도 마땅한 답이 떠오르지 않았다. 사실 그간 영화를 만들어오면서 딱히 작정하고 스트레스를 풀었던 기억이 없었다. 물론 장편영화를 준비하는 무게감은 이전과는 사뭇 다르긴 했다. 그렇게 긴 프로덕션 운영이 처음이다 보니, 하루에도 열두 번씩 온갖 기상천외한 실수와 잘못을 저지르고 수습하기를 반복했다. 전혀 예상치 못한 곳에서 별 희한한 문제가 다 터져 종일 사방팔방 뛰어다녀야 겨우 본전을 찾을 때도 많았고.

그렇지만 뭐. 누구에게나 처음은 있는 거니까. 영화 한 편 만드는 게 만만한 작업도 아니고. 또 감독이란 직업이 원래 그런 일을 하는 사람이니까. 그저 앞선 감독님들이 이미 넘어간 고개를 나도 따라 넘고 있을 뿐이라고 생각했다. 좋은 영화를 만들기 위해 감독으로서 응당 해야 할 일을 하고 있는 것뿐이라고. 그러니 이런 상황을 특별히 힘들어하며 스트레스 받을 필요는 없다고 생각했다. 그렇게 마음 먹으니 정말 다 괜찮은 기분이었다.

그래서 자신만만하게 마음속 S에게 답했다. 있잖아. 난 이 모든 과정이 지극히 당연하게 느껴져서 오히려 스트레스를 받지 않나 봐. 스트레스를 받지 않으니 애초에 풀 방법도 고민할 필요가 없었겠지. 어쩌면 나 정말 이 모든 역경을 오롯이 즐기는 진정한 본투비 영화인일지도 모르겠어.

그런데 며칠 지나지 않아, 마음속 S가 다시 조심스레 내게 물어왔다. "그런데 언니. 정말 스트레스 없는 거 맞아요? 지금 엄청 과부하 걸려 있잖아. 밥도 제때 못 먹고 잠도 잘 못 자는 것 같은데?" S는 원하는 건 늘 집요하게 파고들어 결국 손에 쥐는 무시무시한 친구이기도 했다. 그래서 늘 그녀가 만든 영화에 열광했는데……. 정확한 답을 하지 않으면 크게 혼날 것 같은 기분이 들었다. 나는 다시 머리를 싸매고 맞는 답을 찾으려 애썼다.

한 발 떨어져 나를 천천히 살펴보니 조금 짠하긴 했다. 그때의 나는 2년 넘게 고칠 대로 고쳐 너덜너덜해진 시나리오를 들고도 여전히 갈팡질팡 고민이 많았다. 게다가 촬영이 두 달밖에 남지 않았는데 아무것도 정해진 게 없었다. 주요 스태프도 로케이션도 대부분 미정이었는데, 배우는 이제 막 오디션을 보기 시작한 수준이었다. 그러는 사이사이, 간

헐적으로 이어지는 아르바이트로 생계를 이어가느라 맘 편히 쉴 수 있는 날이 하루도 없었다. 그래서였을까. 가끔은 기분이 지나치게 오르락내리락해서 쓸데없이 피곤해지기도 했다. 하루는 대단히 성공적일 것 같은 예감에 한껏 부풀어 올랐다가, 다음 날이면 폭삭 망해버릴 것 같은 전조에 나락으로 떨어지곤 했다. 나이는 벌써 삼십대 중반을 지나고 있는데 인생에 뭐 하나 제대로 이룬 것도, 확신할 수 있는 것도 없었고…….

그런데 뭐. 누구나 첫 영화를 만들 때 이 정도의 고생은 다 하지 않을까. 이런 상황을 잘 헤쳐나가야 비로소 진짜 감독이 되는 거겠지. 사실 꼭 영화 만드는 일이 아니라도, 뭔가를 꿈꾸고 성취하는 과정엔 저마다의 고충이 있을 거라고 생각했다. 꼭 목표를 향해 달리는 삶이 아니라도, 다들 인생을 살면서 이 정도의 고민이나 고생은 하고 있는 것도 같았다. 심지어 나는 누가 시켜서 하는 것도 아니고 스스로 선택한 일을 하고 있었다. 그러니 괜한 어리광은 부리고 싶지 않았다.

마음을 굳게 다잡으며 마음속 S에게 답했다. 그래, 인정할게. 나 어쩌면 스트레스를 조금 받고 있는지도 모르겠어. 그런데 이 정도 어려움은 다들 겪으면서 살아가잖아. 훨씬 힘든 상황에 처한 사람들도 잘만 살아가고 있고. 그러니까 나도 이 정도 수고는 충분히 감당할 수 있어. 아니 감당해야 해. 그래야 그토록 원하던 영화를 만들지.

마음속 S는 결국 수긍한 건지 더는 말이 없었다. 사실 나도 더는 S와 이야기할 여유가 없었다. 이제는 정말 앞만 보고 전력 질주해야 할 시간이었다.

그런데 그즈음부터 숨 쉬는 데 조금씩 이상을 느끼기 시작했다. 인후염인가 싶어 감기약도 먹어보고, 비염이 생겼나 싶어 알레르기 약도 먹어봤는데 증세는 점점 심해지기만 했다. 사실 어디가 특별히 아픈 건 아니었다. 그냥 숨 쉬는 법을 자꾸 잊어버리는 느낌이었다. 그래서 가만히 있어도 갑자기 숨이 가빠왔고, 숨이 턱까지 차올랐는데도 잘 내쉬어지지가 않았다. 괴상한 노릇이었다. 숨 쉬는 건 원래 자동 아니었나……?

이제 하다 하다 별게 다 고장 난다 싶어 어이가 없었다. 하지만 한편으론 좀 무섭기도 했다. 혹시 영화를 관장하는 신의 경고는 아닐까 싶어서. 감독이 돼서 뭐 하나 제대로 결정하지 못한 채 늘 전전긍긍 고민만 많은 내게, 매분 매초 숨을 쉴지 말지부터 결정하고 실행하며 반성하라는 엄벌을 내린 걸지도 몰랐다. 어쨌든 증세가 더 심해지면 더 큰일이 생길 수 있으니 정신 차리고 대비를 해야 했다. 그래야 동료들에게도 피해를 덜 주고, 촬영 스케줄에도 차질이 없을 터였다. 그래서 부랴부랴 대형 병원을 찾아가 이틀 동안 온갖 장기를 구석구석 살펴보는 정밀하고 비싼 검사를 받았다. 검사를 받는 동안에도 밀린 일들을 틈틈이 처리하느라 핸드폰과 노트북을 끼고 다녔다.

그런데 놀랍게도 의사는 내 몸에는 아무런 이상이 없다고 했다. 차트를 조목조목 보여주며 여기도 괜찮고 저기도 괜찮다고 친절히 설명해주었다. 지나치게 멀쩡해서 무안할 지경이었다. 하지만 그렇다면 왜……? 대체 왜 자꾸 숨 쉬는 법을 까먹는 건데. 이런 기본적이고 필수적인 것을 대체 왜 자꾸 잊어버리냐고. 헉. 설마 기억력에 문제가 생긴 건가. 애초에 뇌에 이상이 생긴 건가. 그래. 그거였네. 어쩐지. 그렇게 머리가 안 돌아가더라니…… 하는데 그때, 의사가 내게 무슨 일을 하느냐고 물었다. 나도 모르는 한숨이 절로 흘러나왔다. 다시 가슴이 답답해졌다.

음, 그러니까, 제가 요즘 무슨 일을 하냐면요. 설명하기가 좀 복잡한데…… 일단 오늘은 집에서 시나리오를 수정하다 나왔고요. 이따 사무실 들어가서 피디님이랑 비상 회

의를 할 거예요. 제가 장편영화를 준비 중이고 촬영이 한 달 밖에 안 남았는데, 아직 촬영감독이 안 정해졌거든요. 밤에 집에 가면 새로 들어온 배우들 프로필 검토해서 오디션 명단을 다시 만들어야 해요. 시나리오 수정하던 것도 일단락해야 하고요. 그런데 이게 제 생업은 아니고요. 제가 일주일에 두세 번 학생들을 가르치고 있어요. 간단한 각색 일도 병행하고 있고요. 안 그래도 이번 주말에 수업이랑 각색 마감이 겹쳐서 조금 빡셀 것 같은데, 어쨌든 그 일들로 생활비를 벌고 있으니 그게 제 진짜 직업에 가까울 수도 있겠네요. 그런데 또 엄밀히 말하면 제 모든 시간과 에너지는 다 영화 만드는 일에 쏟고 있긴 하거든요. 음, 그러니까 제가 지금 무슨 일을 하냐면…….

가만히 생각만 하는데도 숨이 차올랐다. 이번엔 현기증도 났다. 그래서 "그냥 영화 일 하는데……" 하고 간단히 답했다. 의사는 나를 물끄러미 보더니 조심스레 정신과 방문을 권했다. 호흡 관련 증상들은 때론 스트레스에서 기인하기도 한다면서 놀란 나를 다독이며 이런저런 설명을 덧붙였다. 그리고 비상용 진정제를 처방해주었다.

믿을 수가 없었다. 내게 숨도 잘 쉬어지지 않을 만큼 큰 스트레스가 있었다니. 그런데 더 충격인 건 진정제를 먹자 정말로 숨 쉬기가 편해졌다는 사실이었다. 그렇게 더는 부정할 수도 없게 되었다. 그랬다. 정말로 내겐 어마어마한 스트레스가 있었다. 이 모든 난리 블루스가 결국 다 스트레스 때문이었다.

혼란스러웠다. 도대체 스트레스가 얼마나 많이 쌓였기에 호흡에까지 문제가 생긴 걸까. 본투비 영화인은 개뿔. 그냥 본투비 바보였다. 뭐가 스트레스인지도 모르는, 그래서 숨 쉬는 법까지 잊어버린 진짜 바보. 문득 그간 달려온 길이 조금 다르게 보였다. 깊은 내상을 입고 주춤거렸던, 하지만 아무렇지 않은 듯 웃어 넘겼던, 이내 통증을 잊기 위해 더 세차게 달렸던 수많은 순간들이 그제야 하나둘 떠올랐다. 알아차리지 못했다고 없었던 것은 아니었다. 분명 너무나 힘들고, 아프고, 외로웠던 마음들이 내 안에 함부로 버려져 있었다.

문득 궁금했다. 오랜 세월 내게서 외면당한 그 마음들은 지금 어디에서 뭘 하고 있을까. 내 몸 구석구석을 헤집고 다니며 또 어딘가를 망가뜨리고 있는 건 아닐까. 그러다 어느 날 갑자기 내 숨통을 끊어놓아도 아무도 모르는 것 아닐까. 그렇게 또 몇 주가 흘렀다.

＊＊＊

오래된 스트레스를 걱정하느라 새로운 스트레스가 쌓이던 어느 날의 퇴근길, 문득 횡단보도 맞은편의 오래된 빌딩에 시선이 갔다. 가만 보니, 한창 공사 중이던 4층에 새 노래방이 들어와 있었다. 창 너머로 내부가 슬쩍 들여다보였는데, 최신식 기계에 깔끔하고 아기자기하게 꾸며진 방들이 무척 아늑해 보였다. 왠지 기분이 좋아졌다.

그래, 역시 노래방은 지하보단 지상이지. 원래 무대는 내려가는 게 아니라 올라가는 거거든. 또 창밖 풍경이 다 관중이 되는 거잖아. 세상을 보면서 힘껏 내지르는 게 얼마나 짜릿한 경험인데. 아아, 노래 부르고 싶다! 진짜 노래방 가고 싶다……?

그랬다. 노래방이었다. 오랜 세월 까마득히 잊고 지낸 나만의 스트레스 해소법은, 내 인생의 거의 모든 시름을 단숨에 날려주었던 나의 라라랜드는 다름 아닌 노래방이었다. 이걸 이제야 기억해내다니. 심장이 터질 듯 세차게 뛰었다. 숨이 멎을 것 같았다(주로 호흡에 문제가 생기는 타입). 신호가 바뀌자마자 전속력으로 횡단보도를 건너 곧장 노래방 안으로 뛰어 들어갔다. 거의 5년 만이었다.

노래를 불렀다. 부르고 또 불렀다. 누구의 눈치도 보지 않고 자유롭게 맘껏 불렀다. 마이크를 요술봉처럼 휘두르며 힘껏 소리를 내지를 때마다, 그 소리가 다시 스피커로 흘러나와 방을 가득 채울 때마다, 내 안에 알알이 박혀 있던 케케묵은 감정들이 사르르 녹아 없어지는 것 같았다. 정말 오랜만에 진짜로 괜찮아지는 기분이 들었다.

장시간의 열창으로 목이 완전히 나간 뒤에야 겨우 노래방에서 나왔다. 긴 목욕을 마친 듯 맑고 개운한 느낌이 온몸을 감쌌다. 날아갈 듯 가벼운 발걸음으로 집으로 향하며 생각했다. 도대체 그동안 어떻게 이 느낌을 잊고 살아올 수 있었을까. 아니 살아남을 수 있었을까. 어떻게 내가? 그것도 노래방을 잊어? 이거야말로 믿을 수 없는 일이었다. 일어나서도 안 되는 일이었다. 이제 보니 나는 숨 쉬는 법을 잊기 전에 노래 부르는 법을 먼저 잊어버린 거였다. 노래를 잊었는데 어떻게 제대로 숨을 쉬며 살 수 있었겠는가. 그런 삶은 애초에 불가능했다.

나는 늘 노래하는 게 좋았다. 가창력이 출중하다는 말도, 무대에서 주목받는 걸 즐겼다는 말도 아니다(오히려 반대에 가깝다). 그냥 문자 그대로 노래 부르는 걸 정말 좋아했다. 모두가 귀찮아하는 합창 대회도 늘 신나서 성심성의껏 참여했고, 수학여행을 갈 때면 버스 안에 유행가 메들리를 크게 틀고 다 같이 따라 부를 때가 가장 행복했다. 콘서트를 열심히 찾아다닌 이유도 좋아하는 가수의 노래를 팬들과 한마음으로 떼창 하는 재미에 흠뻑 빠져서였다. 언제 어디서든 아는 노래가 흘러나오면 흥얼흥얼 따라 부르는 것을 멈출 수 없었다. 피할 수 없는 즐거움. 조건 없는 행복. 그것이 내게는 노래였다.

부모님이 이따금 들려주시는 어릴 적 일화 하나. 네 살 무렵의 꼬마 윤가은은 TV를 보다가 가수 나미의 무대에 홀딱 반해, 이후 한동안 그녀의 노래만 주구장창 불렀다고 한다.

"어떻게 하나 우리 만남은 빙글빙글 돌고~"

정말로 빙글빙글 돌면서 깜찍하게 춤까지 췄다고 한다. 그래서 집에 손님이 오면 늘 나를 방 한가운데로 불러 깜짝 공연을 부탁했다고 한다. 그러면 나는 기다렸다는 듯 마이크 비슷한 것을 손에 쥐고 나가, 마치 꼬마 나미가 된 듯 무아지경으로 신나게 춤추고 노래했다고 전해진다.

사실 나는 전혀 기억이 없다. 별 특색 없이 자란 나를 위해 부모님이 애써 지어낸 일화가 아닐까 싶을 정도로. '깜짝 공연'과 관련해 내가 유일하게 기억하는 사건은 이것 하나다. 일가친척이 모인 명절날, 오랜만에 또래 사촌들을 만나 한창 놀고 있는데, 부모님이 갑자기 나를 데려가 어른들 앞에 세우고는 다짜고짜 노래를 부르라고 시킨 것. 고작 그런 이유로 한참 재밌어지던 인형 놀이를 중단시키다니. 게다가 왜 자꾸 빙글빙글 돌라는 거야. 지금 노래 부를 기분이 전혀 아니라고! 잔뜩 심통난 나는 그 복잡한 심경을 어떻게 전해야 할지 몰라, 과격한 춤과 찢어질 듯한 비명으로 점철된 파괴적인 무대를 선보인 뒤 도망치듯 자리를 빠져나갔다. 어른들은 놀란 듯 보였지만, 나는 왠지 모를 통쾌함과 상쾌함에 취해 종일 우쭐했었다. 나름 첫 반항의 추억인데, 반대로 부모님은 전혀 기억하지 못한다는 게 신기할 따름이다(기억하고 싶지 않으신 건지도).

어쨌든 여러 의견을 종합해봤을 때, 나는 꽤 어린 시절부터 자기 흥에 취해 목청껏 내지르는 걸 몹시 좋아했고, 또 그렇게 하면 기분이 좋아진다는 것도 잘 아는, 노래에 꽤나 진심인 꼬마였던 건 분명한 듯하다.

학창 시절 내내, 내게 "놀러 가자!"는 말은 "노래방 가자!"라는 말과 거의 일치했다. 중학생 때는 2년 남짓 태권도장을 다녔는데, 수련이 일찍 끝난 날이면 같이 다니는 언니 오빠들이랑 근처 노래방에 우르르 몰려가 신나게 놀곤 했다. 다들 노래도 무척 잘해, 때론 겨루기보다 노래 대결을 지켜보는 게 더 흥미진진할 정도였다. 돌려차기를 잘하면 노래도 잘하는 건가 싶어 도장도 노래방도 모두 열심히 다녔다.

고등학생 땐, 나름 수험생이랍시고 패기 넘치게 이런저런 유흥(?)을 다 끊어버렸더니 곧 숨 막혀 죽을 위기에 봉착했다(제 팔자 제가 꼰다고 했던가). 그래서 더 절박한 심정으로 온갖 명분과 핑계를 갖다 붙이며 더 열심히 노래방에 다녔다. 어떤 날은 중간고사를 망쳐서. 어떤 날은 쪽지 시험을 잘 봐서. 체육대회에서 우승해서. 소풍이 일찍 끝나서. 배가 불러서. 종일 졸려서. 틈만 나면 친구들을 모아 학교 주변의 노래방들을 순회공연하듯 돌아다녔다.

노래방은 정말 마법의 방이었다. 노래방에 가면 좋았던 기분은 더 좋아지고 안 좋았던 기분도 끝내 좋아졌다. 그래서 매번 끝날 시간이 다가오면 사장님을 겁박한 채 제발 서비스 시간을 더 달라며 읍소와 협박을 동시에 일삼곤 했다. 일말의 부끄러움도 없이. 부끄러움이 다 뭔가. 그 마법을 조금이라도 연장할 수 있다면, 늘어난 시간 동안 사장님의 신청곡 메들리도 기꺼이 이어갈 수도 있었다.

그래도 대학에 가면 이런 집착은 좀 사그라들지 않을까 생각했다. 공부 스트레스에서 벗어나면 여러모로 여유가 생길 거고, 그러면 좀 더 지성인다운 취미를, 자랑할 만한 여가 생활을 찾을 수 있으리라 내심 기대했다. 그런데 웬걸. 얼렁뚱땅 들어간 연극 동아리에서 꼭 나 같은 친구들을 대거 만나는 바람에 증세가 더 심해졌다. 일주일에 최소 두 번 이상 노래방에 가지 않으면 심신이 불안정해지고 무기력과 우울을 느끼는 불치병으로 고생하던 우리는 서로를 운명처럼 알아봤다. 그리고 우리는 곧 공강 시간을 활용해 노래방에 성실하게 출석하기 시작했다.

학교 앞에 자칭 '노래방 멤버들'('소울메이트'와 같은 뜻이다)과 자주 가던 작은 노래방이 하나 있었다. 가격도 저렴했고 사장님도 참 좋았는데, 어쩐지 예사롭지 않은 내부 인테리어가 손님을 들어오기도 전에 내쫓아버리는 심히 안타까운 곳이었다.

솔직히 지금 생각해도, 그 노래방의 콘셉트는 잘 납득이 가지 않는다. 복도는 전체를 다 검고 울퉁불퉁한 모양으로 마감해 흡사 고대 알타미라동굴에 들어온 듯한 착각에 빠지게 해놨는데, 정작 방에는 온갖 은하계와 행성들과 외계인(으로 추정되는 무엇들)이 심지어 유화 스타일의 벽화로 그려져 있어 혼란스러움을 한층 더하는 곳이었다. 그래서 매번 노래방 문을 열 때마다 마치 신흥 사이비종교의 예배당 안으로 들어가는 것 같은 야릇한 기분에 사로잡혀 바짝 긴장이 되곤 했다.

반면 사장님은 인상이며, 복장, 말투 등 어느 것 하나 참으로 특별할 게 없는, 모든 게 지나치게 평균에 가까운 평범한 분이셨다. 그리고 정말 친절하고 다정하셨다. 사장님은 단골들에게 적립식 할인 카드를 만들어주셨는데, 너무 자주 가다 보니 나중엔 얼굴만 들이밀어도 알아서 꽉꽉 깎아주셨다. 또 우리가 선호하는 방은 웬만하면 비워놓고 기다려주셨고, 과자나 음료를 서비스로 주시거나, 이따금 무한대로 시간을 넣어주실 때도 있었다. 심지어 한 번은 급하게 외출할 일이 생겼는데 언제 돌아올지 모른다고, 원하는 만큼 부르다 가라면서 우리에게 열쇠를 맡기신 적도 있었다. 음, 그러고 보니 사장님도 그닥 평범한 분은 아니셨구나……. 하긴 사장님도 우리를 진짜 이상한 애들이라고 생각하셨을 것 같긴 하다. 낮이고 밤이고 시커먼 노래방에 기어들어 와 생애 가장 젊은 날을 몽땅 탕진하며 즐거워하는 놈들이었으니. 뭐 우리도 사장님도 행복했으면 되는 거니까. 감사합니다, 사장님. 어디에서 뭘 하시든 무병장수와 부귀영화 누리시길 바라요!

졸업한 뒤에는 멤버들의 활동 영역과 스케줄이 각기 달라져 모임은 잠정적인 해체 수순을 밟았다. 그 결과, 노래방에도 자연스레 발을 끊을…… 리가 있나. 장장 10여 년간 이어진 지독한 노래방 수련으로 나는 이미 돌아올 수 없는 강을 건넌 상태였다. 그 무렵 나는 노래방이 못 견디게 그리운 날이면, 연락이 닿는 대로 아무 친구나 불러 밥도 사고 술도 쏘면서 노래방에 데리고 갔다(이쯤 되면 집착이 아니라 광기겠지). 물론 그렇게 가는 노래방은 썩 재밌진 않았다. 같이 간 이들이 지루해할까 봐 늘 눈치가 보였고, 그래서 정작 부르고 싶은 노래는 건너뛰는 경우가 많았으니까. 그리고 무엇보다 지출이 너무 컸다. 계속 그렇게 살다간 친구도 노래도 돈도 모두 잃을 위기였다. 이제 그만 전과 달라진 환경을 받아들이고 적응해야 했다. 어엿한 사회인으로서, 누구보다 나 자신을 위해 지혜롭고 성숙한 결정을 내릴 때였다. 그래서 큰 용기를 내어 결심했다. 앞으로 노래방이 땡길 땐 그냥 혼자 가기로…….

너무 비장한가. 당시엔 정말 비장했다. 여전히 노래방은 술자리 막바지에 잔뜩 취해 단합을 위해 놀러 가는 곳쯤으로 여겨지던 시절이었다. 대체 혼자 무슨 재미로 노래방을 가느냐며 수상쩍게 보는 시선도 왕왕 있었고. 또 대부분의 노래방이 어둡고 폐쇄적인 지하에 위치해 여자 혼자 갈 때는 상당한 주의가 필요했다. 하지만 그 어떤 장애와 한계도 노래를 향한 나의 절절한 사랑을 가로막지 못했다. 나는 며칠간 시내 구석구석을 돌아다니며 심도 깊은 방문 조사를 진행했고 마침내 지상에 위치한, 창문을 통해 밖에서 안이 훤히 들여다보이는, 화장실도 안전하고 깔끔한 최신식 노래방을 몇 군데 찾아내는 데 성공했다. 그리고 그 이후부터는 혼자 노래방을 즐기는 매력에 푹 빠져 거침없이 다니기 시작했다.

　　정말이지 노래방은 혼자 가야 제맛이었다. 우선 좋아하는 노래는 수십 번이고 다시 부르고, 질리는 노래는 언제든 눈치 안 보고 꺼버릴 수 있었다. 또 듣고 싶지 않은 노래는 감내하며 들을 필요가 없어 너무 좋았다. 괴로운 추억이 담겨 있거나 끔찍한 창법으로 구현되는 노래를(물론 본인 목소리는 제외) 우정의 이름으로 끝까지 견디지 않아도 되었으니까. 마찬가지로 나 역시, 아무리 친한 사이여도 인간으로서의 존엄과 최소한의 예의는 지키고자 차마 선택하지 못했던 노래들을 모두 부를 수 있어 정말 기뻤다. 찢어지는 고음이 가득한 록발라드라든가 과장된 연기력이 필요한 뮤지컬 노래들, 또 스웩이 지나치면 분위기만 싸해질 랩이나 부분적인 안무를 따라 추는 게 목적인 최신 댄스곡까지. 혼자 노래방에 가면, 그간 상상만 하던 수많은 무대를 모두 실현해볼 수 있는 절호의 기회를 가질 수 있었다. 그렇게 노래방은 내게 순도 100퍼센트의 온전한 자유와 행복을 만끽할 수 있는 유일한 장소가 되었다.

혼란이 끝나면 좌절이, 좌절이 끝나면 더 큰 혼란이 찾아오던 이십대 내내, 그나마 노래방이 있어 나는 숨을 쉴 수 있었다. 나름 오랫동안 성실히 준비했던 영화학교 시험에 1차부터 낙방했을 때도, 알바를 하면서 과도한 업무와 불공정한 대우에 시달리다 갑작스레 백수가 됐을 때도, 개차반 같던 연애가 배신과 모함으로 끝난 뒤 시름시름 말라가던 때도, 노래방이 있어 버티고 견디고 다시 나아갈 수 있었다. 도대체 내 인생이 어디로 흘러가는지 모르겠어 참담하고 막막했을 때, 내가 나를 제일 모르겠고 못 믿겠어서 정말 미쳐버릴 것 같았을 때, 노래를 부를 수 없었다면 나는 과연 어떤 미래를 맞이하게 되었을까. 그 외롭고 황량한 마음들을 고스란히 떠안고 살아가야 했다면, 지금의 나는 과연 어떤 사람이 되어 어떤 삶을 살고 있을까.

그렇게나 소중하고 특별했던 노래방에 발길을 뚝 끊기 시작한 건, 본격적으로 영화를 만들기 시작하면서부터다. 막 삼십대로 진입하던 무렵 운 좋게 영화학교에 입학한 뒤, 하루빨리 뭐든 증명해내야 한다는 압박감에 여유가 전혀 없었다. 빡빡한 학교 스케줄에 따라 쉼 없이 영화를 만드느라 실제 절대적인 시간이 부족하기도 했고.

하지만 정말 솔직히 말하면 다른 어떤 것도 눈에 들어오지 않을 만큼 영화가 좋았다. 그래서 깊이 빠져 있었다. 늘 머릿속으로만 상상하던 무언가를 드디어 직접 만들어볼 수 있는 기회가 주어졌고, 그 과정을 함께할 유능한 동료들까지 만났으니 더는 바랄 게 없었다. 어렵게 돌아온 만큼 일분일초도 허튼 것에 낭비하고 싶지 않았다. 그래서 달리기 시작했다. 눈가리개를 한 경주마처럼 앞만 보고 전속력으로 달리고 또 달렸다. 영화를 제외한 모든 것들은 다 삶 밖으로 밀어내면서. 앞으로, 더 앞으로, 숨을 쉴 수 없을 때까지 달리기만 했다.

다시 기적적으로 노래를 되찾은 그날 이후, 나는 영화

만을 향해 팽팽히 조이던 마음속 올가미를 느슨하게 푸는 연습을 시작했다. 그리고 내게도 언제든 단순한 기쁨을 맛볼 수 있는 창구가 있다는 사실을 잊지 않으려 노력했다. 그러자 다시 조금씩 숨이 쉬어지기 시작했다……고 간추려 말하는 건, 노래를 1절만 부르고 멈추는 것과 비슷하려나. 사실 모든 노래의 클라이맥스는 2절에 있는데.

사실 이후로도 우여곡절이 엄청 많았다. 그날 이후로도 한참 동안을 영화를 찍네 마네 하며 헤매고 다녔고, 그러다 결국 크랭크인을 3주 앞두고 프로덕션을 잠정 중단했으며, 너무 지치고 쪽팔려 더는 이 땅에서 살 수 없을 것 같아 남몰래 이민을 알아보기도 했다. 하지만 그렇게 엎치락뒤치락하며 바닥을 치는 동안에도 노래방은 잊지 않고 틈틈이 다녔다. 그래도 내게는 노래가 있다는 사실이, 그렇듯 아름답고 단순한 행복을 누릴 수 있다는 진실이 나를 온전히 숨 쉬게 했다.

이듬해, 나는 긴 잠에서 깨어나 그토록 원하던 첫 영화를 만들게 되었다. 프로덕션 내내 제일 많이 한 생각은 '다 끝나면 노래방부터 가야지'였다. 그래서 정말 다 끝나고 노래방부터 갔는지는 잘 기억나지 않는다. 사실 그건 그렇게 중요한 문제가 아니다. 그저 세상에 노래가 있다는 걸 잊지 않는 게 내겐 훨씬 중요한 일이다. 때론 그 사실을 기억하는 것만으로도 충분히 행복해질 수 있으니까.

요즘은 노래를 부르며 갈 수 있는 길로만 가자고 매일 새롭게 다짐하는 중이다. 노래 같은 영화를, 노래하듯 만드는 게 내 평생 꿈이다.

2 | 모험은 그렇게
시작됐다

좋은 빵, 나쁜 빵, 이상한 빵

〈우리집〉의 프리프로덕션으로 한참 정신없던 봄날, 하루는 영화사 아토의 김지혜 대표님이 긴히 할 말이 있다며 나를 조용히 불러다 앉혔다. '대표님'이란 호칭보단 '언니'라고 부르는 게 더 익숙한 그녀는 걱정 대장인 나를 늘 다독이고 안심시키는 든든한 선배였다. 그런 그녀의 얼굴에 생전 처음 보는 깊은 수심이 가득 드리워져 있었다. 뭔가 심각한 문제가 생겼나 싶어 갑자기 식은땀이 흘렀다.

무슨 일이지? 갑자기 제작 지원금이 취소됐나? (그럴 리가) 어디서 비슷한 영화가 먼저 나왔나? (누가 이런 걸 또 만든다고) 스태프가 문제를 일으켰나? (너무 열심인 것도 문제라면) 배우가 못 하겠다고 했나? (어제도 리허설 더 하자고 난리였는데) 콘티 회의가 너무 길어지고 있나? (설마 그런 이유로) 시나리오 수정이 잘못되고 있나? (가능성이 없는 건 아니지만) 나의 자질 부족을 드디어 알아차렸나? (어떻게 벌써) 혹시 나 오늘, 잘리나……?

점점 요란해지는 걱정 퍼레이드의 선두에 선 나는, 일단 무릎부터 꿇고 볼까 싶어 가만히 바닥을 내려다보았다. 그런데 그때, 대표님이 한숨을 푹 쉬며 옆 테이블을 가리켰다.

"감독님, 제발 빵 좀 그만 사 와요……. 저것 봐. 많아서 다 먹지도 못해!"

작은 사무실 안, 탕비실 역할을 하는 긴 테이블 위에 나란히 놓여 있는 빵 다섯 봉지가 눈에 띄었다. 월요일부터 금요일까지 매일, 각기 다른 빵집에서 데려온 다양한 종류의 빵들이 서로 사이좋게 말라비틀어져 딱딱해지고 있었다.

"그리고 왜 자꾸 사비로 간식을 사? 우리 돈 있다고! 자꾸 이러면 나 정말 속상해!"

그랬다. 그녀는 내가 넉넉지 않은 예산에도 기꺼이 함께해주는 동료들을 위해 매번 비싼 간식을 사 와 대접하고 있다고 생각했다. 세상에. 나를 그렇게나 세심하고 따뜻한 감독으로 생각해주다니 정말 감동이었다. 감동인데 언니…… 빵이잖아……. 그렇게 단순한 문제가 아니라고…….

사실 나도 알고 있었다. 내가 생각해도 그때의 나는 빵을 너무 자주, 너무 많이 샀다. 매일 똑같은 간식에 다들 지쳐가는 눈치였는데, 안 그래도 빠듯한 가계가 빵 때문에 빵꾸가 날 지경이었는데도 멈추지 않고 계속 샀다. 사실 멈출 생각이 별로 없었다. 매일 빵집에 들러 빵을 구경하고 사 오는 일이 당시 나의 유일한 스트레스 해소법이었으니까(노래방은 시간이 너무 많이 걸렸다). 마침 사무실도 맛난 빵집이 즐비한 동네의 정중앙에 위치하고 있었다. 덕분에 괴로움이 치사량에 달하면 언제든 달려 나가 곧장 응급처치를 받을 수 있었고, 그렇게 한차례 고비를 넘기면 다시 힘이 나 다음 업무를 무사히 진행할 수 있었다. 그러니까 빵을 사는 일은 나 개인의 복지와 정신 건강을 위해서만이 아니라, 작품의 원활한 진행을 위해서도 반드시 필요한 중요 업무였다. 대표님께는 정말 죄송했지만 타협은 불가능했다. 모두가 살기 위해 나는 빵을 사야 했다.

나는 자타 공인 빵순이었다. 언제나 밥보단 빵이었고, 밥 배는 꽉 차도 빵 배는 늘 넉넉하게 여유가 있었다. 빵만큼 빵집도 좋아했다. 빵집에 들어서는 순간, 모든 근심 걱정은 일순 잠잠해지고 다정한 평화가 찾아왔다. 버터 향이 충만한 갓 구운 빵 냄새가 솔솔 풍겨오면, 종일 빳빳하게 굳어 있던 목덜미가 사르르 녹아내렸다. 한껏 부풀어 오른 갖가지 모양의 빵들을 천천히 감상하는 것만으로도 고단한 일상에 충분한 위로가 되었다. 그것들이 제각각 얼마나 다른 느낌으로 고소하고 달콤할지, 또 얼마나 다양한 방식으로 촉촉하고 바삭거릴지 상상하다 보면, 시끄럽고 복잡했던 속이 어느새 편안하고 고요해졌다. 그건 일종의 명상이었다. 어지러운 생각을 놓아버리고 복된 빵으로 가득 채우는 시간. 그렇게 나는 빵집 안에서 참된 자유를 얻었다.

빵집에 갈 때마다 나는 생각했다. 그 은혜로운 빵들을 모두 다 골고루 맛보기까지 한다면, 내 마음은 얼마나 더 평화롭고, 자유롭고, 온전해질까. 그런 마음이어야 더 좋은 작품을, 더 잘 만들 수 있는 것이 아닐까. 그렇게 탄생한 작품만이 모두에게 행복과 감동을 가져다주는 게 아닐까. 꼭 빵처럼……! 그러다 정신을 차리면, 이미 빵이 한가득 담긴 봉지를 들고 빵집에서 나오고 있었다. 그렇게 이미 나 자신과 온 세상을 구한 기분으로 다시 씩씩하게 일터로 돌아갈 수 있었다.

그런데 사실 나는 빵을 먹으면 안 되는 사람이다(충격 반전). 나에게 빵은 먹어봐야 허기 해소 말고는 하등 도움이 안 되는, 오히려 안 먹는 게 훨씬 나은 해롭고 나쁜 음식이다. 열렬히 사랑하는 상대가 나를 모른 척하는 것도 서러운데 나를 증오하고 공격하다 끝내 죽이려 드는 형국이랄까. 하지만 나는 이 사랑을 멈추지 못하고, 그래서 계속 상처받으며 달려든다. 영원히 고통받을 짝사랑에 빠져버린 거다.

다행히 요즘은 가끔 한두 조각 먹는 정도는 괜찮다. 왁자지껄 어울려 식사할 땐 꽤 많이 먹기도 하지만, 이후 한동안 조심하면 또 별 탈 없이 잘 지나간다. 문제는 컨디션이 안 좋은데 모르고 먹거나, 맛있다고 연달아 계속 먹을 때다. 그에 따른 증상은 빵 맛만큼이나 다양하다. 눈이 붓거나 시릴 때도 있고, 피부가 가렵거나 화끈거리는 증상이 계속되기도 한다. 혹은 소화 기능에 문제가 생기거나, 근육의 힘이 빠져나가 기초체력이 뚝 떨어지기도 한다. 그러다 우울과 무기력에 사로잡혀 정신상태가 엉망이 되는 일도 왕왕 있다. 미미한 증상부터 순차적으로 나타날 때도 있지만, 아무 증상이 무작위로 드러나거나 때론 한꺼번에 와장창 몰아닥치기도 한다. 발견은 늘 너무 늦고(정신 놓고 빵 먹다가), 순식간에 곤두박질친 건강을 회복하려면 엄청난 시간과 노력이 필요하다(한동안 빵과 완전히 작별해야 한다). 말하고 보니 이 정도면 아예 안 먹을 법도 한데…….

빵이야말로 내 인생 최고의 미스터리다. 입에는 최고의 기쁨을 선사하면서 왜 몸속에만 들어가면 최악의 사태를 일으키는 걸까. 신은 왜 내게 빵을 즐길 수 없는 몸을 주시고, 왜 빵 맛은 골고루 잘도 알게 하셨을까. 매혹과 혼돈의 빵이여. 넌 대체 내 삶에 어떤 은유가 되려고 온 거니. 내 인생을 망치러 온 나의 구원자. 나의 요망한 빵.

내 몸의 약점은 부정할 수 없지만, 빵에 대한 애정도 놓을 수 없다. 그래서 나는 사람들과 함께할 일이 있을 때마다 빵집으로 달려가 양손 가득 빵을 산다. 내가 먹을 게 아니라 다른 이들을 먹일 빵을 산다는 것. 그리고 나는 맛만 조금 볼 거라는 것⋯⋯. 그 모든 고난과 역경에도 불구하고 빵을 가까이할 이유로 그보다 더 좋은 핑계는 아직 찾지 못했다.

빵을 고르는 내내 나는 조용히 내 몸에게 속삭인다. 야야, 괜찮아. 걱정하지 마. 이건 내가 먹을 게 아니라 사람들을 먹이려고 사는 거야. 생각해봐. 친구들이 이렇게 맛난 빵을 먹으면 얼마나 기분이 좋아지겠어. 지친 동료들이 이 빵을 배불리 먹으면 얼마나 힘이 나겠냐고. 나는 그냥 누군가 권하면 한두 조각 맛만 볼 거야. 그냥 조금 먹는 척만 할 거라고. 딱 거기까지야. 그 이상은 없을 테니까 제발 긴장 풀어. 또 저번처럼 놀라서 난리 피우지 말고. 우리 제발 같이 좀 오래오래 행복하게 살자, 응? ……준비 됐지?

아…… 쓰다 보니 또 빵 먹고 싶다. 다음 작품 준비를
더 서둘러야겠다.

여름병

영화를 시작하고 가장 많이 받았던 질문은 '왜 계속 아이들이 주인공인 영화를 만드는가'였다. 두 번째는 물론 '왜 여자아이들의 삶에 더 집중하는가'였고. 사실 초반엔, 그냥 좋아서, 하고 싶어서 그랬다는 대답 말고는 크게 할 말이 없어 당황하고 버벅거릴 때가 많았다. 하지만 계속 고민하다 보니 나름의 좀 더 깊은 이유들을 찾게 되었고 그래서 이제는 한층 정돈된 말로 차분히 답할 수 있게 되었다. 결국엔 그냥 좋아서, 하고 싶어서 그랬다는 이야기를 길게 늘인 것뿐이었지만. 그런데 세 번째로 많이 듣는 질문, 그러니까 '왜 이야기의 배경이 늘 여름인가'에 대해선 아직도 매번 새롭게 당황해 횡설수설하고 만다. 내겐 너무도 어려운 질문이다. 어디서부터 어떻게 설명해야 할지 모르겠어서 머릿속이 눈부신 여름날처럼 하얘지기만 한다. 아. 그러니까. 왜 자꾸 여름에 영화를 찍어가지고……

사실 모든 영화를 여름에 찍은 건 아니다. 지난 10년간 만든 작품은 작은 프로젝트까지 합하면 모두 여덟 편 남짓. 그중 다섯 편은 여름에 찍었지만 두 편은 여름과 가을 사이에, 나머지 한 편은 초봄에 찍었다. 그러니 엄밀히 말하자면 대략 70퍼센트 정도의 작품을…… 그러네. 그 정도면 다분히 감독의 의도적인 선택이자 주장으로 보이긴 하네. 그러고 보니 언젠가 동료 감독 한 명도 내게 왜 자꾸 여름에만 영화를 찍는 거냐고, 혹시 '평생 여름을 찍어온 거장' 같은 타이틀이라도 노리는 거냐고 농담처럼 물은 적이 있다. 그럴 리가. 고작 '여름 덕후' 정도의 별명을 얻자고 매번 여름 촬영의 번잡함과 수고를 감당하는 건, 가성비가 심각하게 떨어지는 비효율적인 작업이다. 뭐, 그런 별칭이 나름 마음에 드는 건 사실이지만.

인정한다. 여름을 좋아하긴 한다. 사실 아주 많이 좋아한다. 내게 1년은 사계가 아니라 이계다. 여름과 비非여름. 여름 아닌 계절엔 늘 웅크린 채 실눈 뜨고 살아가는 기분인데, 여름이 오는 냄새만 맡아도 정신이 번쩍 차려지곤 한다. 한여름이 되면 세포 하나하나가 다 깨어나는 느낌에 무한대의 힘이 솟구친다. 더우면 더울수록 습하면 습할수록 더 그렇다. 강력한 생명의 에너지가 온갖 곳에서 솟구치는 느낌, 그래서 온 세상이 전보다 더 크고 깊고 새롭게 태어나는 느낌이 내게도 한껏 전해진다. 그래서 뭐든 하고 싶어진다. 뭐든 잘할 수 있을 것만 같다. 오직 긍정적인 기대와 막무가내의 자신감, 끝없는 용기가 내 안에 가득 차오른다. 그래서 정말 앞으로 한 발짝 내디딜 수 있게 된다……고 애써 멋진 말을 찾아 보지만…… 그냥 내가 추위에 지나치게 약한 인간이라 그럴지도 모른다. 단풍이 들 때부터 엘사로 변신해 꽃이 필 때까지 핫팩을 손에서 놓지 못하는 지독한 수족냉증인이라 여름이 못내 반가운 건지도…….

어쨌든 나는 여름을 좋아한다. 명명백백하게, 감출 수 없이 사랑한다. 하지만 그런 이유로 늘 여름에 영화를 찍어 온 건 아니다. 그냥 어쩌다 보니 늘 타이밍이 그렇게 맞아떨어졌을 뿐이다. 놀랍게도 모든 게 내게는 다 우연이고 행운이었을 뿐이다.

처음엔 1년 단위로 진행되는 영화학교 커리큘럼에 맞추다 그렇게 되었다. 학사 일정상 늘 여름방학에 촬영을 진행해야 했고, 그래서 자연스레 여름이 배경인 이야기를 쓰고 찍은 것이다. 그렇게 단편영화 〈손님〉과 〈콩나물〉을 만들었다. 두 영화 다 낮 장면이 대부분이었는데, 해가 긴 여름에 찍을 수 있어 본의 아니게 이득을 보는 기분이었다.

첫 장편 〈우리들〉을 구상할 땐 시간의 흐름이 제대로 느껴져야 공감 가능한 이야기가 될 거라고 믿었다. 아이들이 우정을 쌓고 허물고 다시 쌓아가는 긴 여정이니 계절이 못해도 세 번은 바뀌어야 말이 된다고 생각했다. 그래서 두 친구가 처음 만날 때는 벚꽃이 날리는 풋풋한 봄이기를, 둘 사이에 다른 이가 끼어 관계가 세차게 흔들릴 때는 뜨거운 여름을 지나 서늘한 가을로 이어지기를, 모든 일을 겪은 아이들이 다시 서로를 바라볼 때는 첫눈이 내리는 이른 겨울이기를 바랐다. 그래서 그렇게 썼다. 시나리오는. 그런데 그렇게 찍을 수가 있어야지…….

우리는 초저예산의 독립영화를 만드는 중이었다. 그렇게 긴 시간 동안 천천히 촬영을 진행할 수 있는 여건이 전혀 아니었다. 스태프와 배우들도 그렇게 오랫동안 붙잡아둘 수 없었다. 그래서 예산에 맞춰, 동료들의 일정에 맞춰 시나리오를 수정하기 시작했다. 장장 네 계절에 걸쳐 펼쳐놨던 이야기를 두 계절 안으로 꾹꾹 눌러 담았다. 그리고 한 계절에 몰아 찍었다. 그게 여름이었다.

사실 촬영하는 동안은 짧은 시간에 너무 많은 일이 벌어지는 것처럼 보일까 봐 걱정이 많았다. 그런데 나중에 보니 놀랍게도 감상에는 별 무리가 없었다. 다행히 시간의 흐름보다는 감정의 흐름이 더 중요한 영화라 관객들도 크게 신경 쓰지 않는 것 같아 얼마나 안도했는지 모른다. 나중엔 펼쳐진 시간보다 압축된 시간이 아이들의 세밀한 감정 변화를 담아내는 데는 훨씬 효과적이었다는 이야기까지 들었다. 현실의 시간과 영화 속의 시간은 완전히 다른 개념이라는 것을, 영화를 다 만들고 공개하고 나서야 비로소 깨닫게 되었다.

　두 번째 영화 〈우리집〉은 촬영을 미루고 미루다 여름에 찍게 된 경우였다. 당시 1년 반 가까이 개발해온 이야기의 방향을 완전히 틀어버리는 일대 사건이 발생했는데, 이미 제작 지원을 받은 상태라 작품을 완성해서 제출해야 하는 기한까지 시간이 많지 않았다. 그래도 시나리오를 전면 수정하기 위한 절대적인 시간은 반드시 확보해야 했다. 어쨌든 작품의 심장은 시나리오였으니까. 그래서 마감일을 기준으로 크랭크인 날짜를 미룰 수 있는 만큼 미뤘는데, 그게 딱 7월이었다. 또다시 여름에 촬영을 해야 한다는 소리였다. 그에 따라 시나리오도 여름 배경으로 다 고쳐야 했고. 마침 수정될 방향에서는 아이들이 사방팔방으로 활기차게 돌아다니는 그림을 생각하고 있던 터라, 여름의 밝고 가벼운 계절감이 딱 들어맞는 느낌이었다. 부푼 기대를 안고 낯선 곳으로 떠나는 모험도 여름이 아니면 불가능할 것 같았다. 그제야 조금씩 알아차리기 시작했다. 여름이야말로 진짜 아이들을 위한 계절이라는 것을.

아이들이야말로 여름의 장점을 누구보다 잘 알고 즐길 줄 알았다. 여름이 오면 아이들은 땀이 나든 말든 가벼운 옷차림을 날개 삼아 어디든 자유롭게 누비고 다녔다. 더위를 핑계 삼아 시원하고 달콤한 간식들을 양껏 먹을 줄도 알았다. 푹푹 찌는 날이면 거침없이 물가로 달려가 흠뻑 젖도록 노는 패기가 있었고, 비가 오는 꿉꿉한 날이면 기꺼이 상념에 젖어 고요한 시간을 보내는 재미도 놓치지 않았다. 아이들은 여름을 온전히 받아들이고 있는 그대로 즐길 줄 알았다. 여름의 주인은 바로 아이들이었다.

그러니까 하필 아이들을 위한 계절에, 기어코 아이들이 나오는 영화를 찍게 된 건, 어쩌면 이미 정해진 운명이었을지도 모른다. 우연이 아니라 필연이었고, 행운이 아니라 천운이었던 것이다. 그 모든 어쩔 수 없는 선택들이 실은 신의 무한한 축복이었던 것이다.

하지만 실제로 여름 내내 영화를 찍는다는 건, 그것도 적은 예산에 빡빡한 일정을 소화하며 어린 친구들과 함께 현장을 꾸려나간다는 건, 그거야말로 신의 완벽한 저주가 아닐까 싶은데…… 물론 무사히 잘만 진행된다면 놀라울 정도로 멋진 장면을 수없이 많이 만날 수 있다. 하지만 그 '무사히'와 '잘'을 자꾸만 뒤흔드는 복병을 도저히 피할 방법이 없다. 바로 날씨다. 여름 날씨. 여름 날씨를 제대로 담아내는 게 여름 영화의 관건인데, 그놈의 여름 날씨 때문에 모두가 제대로 미쳐간다.

한국의 여름 날씨는 온갖 특이점을 갖고 변화무쌍하게 움직인다. 그래서 사실 우리 모두의 머릿속에 있는 여름날의 모습, 그러니까 종일 해가 쨍하게 뜨는 싱그럽고 맑은 날은 손에 꼽을 정도로 적다. 일단 너무 덥다. 더워도 너무 덥다. 또 정말 습하다. 습해도 진짜 습하다. 그 와중에 태풍도 자주 온다. 비바람이 멈추지 않는다. 그러다 가뭄이 든다. 온종일 뙤약볕이 내리쬔다. 이런 변화가 무작위로 계속 반복된다. 이게 진짜 여름 날씨다. 한 치 앞도 예측할 수 없이 변화무쌍한. 역시 다이내믹 코리아다.

상황이 이쯤 되니 로케이션을 구하는 일부터 어려움에

봉착한다. 어제는 분명 멀쩡했던 곳이 오늘 가보면 물에 잠겨 있고 내일은 말라비틀어질 예정이니까(그리고 모레면 말라비틀어진 상태로 물에 잠겨 있겠지). 촬영 스케줄을 정리하는 건 더 머리 터지는 문제다. 다음 주에 태풍이 온대서 이번 주에 야외 촬영을 몰아 하기로 결정하면, 그날 밤 천둥번개와 함께 폭우가 쏟아지기 시작한다. 태풍이 일찍 왔나 싶어 다시 야외 촬영을 미루면? 그땐 새로운 태풍을 맞이하게 된다. 그게 여름 날씨가 움직이는 방식이니까(기상청 파이팅).

그러니 극도의 불안과 공포를 안고 나날이 미쳐가는 경험을 해보고 싶다면 여름에 영화를 찍으면 된다. 동료들의 생짜배기 고생을 끝없이 목격하며 헤어날 수 없는 자책감에 빠져드는 고통은 보너스다. 더 강력한 고초를 원한다면 보호하면서도 앞장세워야 할 아이들이 있으면 된다. 그러면 어느 누구라도 진짜 살아 있는 지옥을 제대로 맛볼 수 있다(단순 체험으로 끝나지 않고 정말 지옥에 갈 수도 있다). 하지만 그럼에도 불구하고 신의 가호가 있다면, 여름날 아이들과 함께하는 현장은 인생 최고의 선물이 될 것이다. 여름의 진짜 주인이 여름을 타고 놀며 함께 자라는 경이로운 풍경을 온전히 목격할 수 있을 테니까. 게다가 그 기록은 영원히 곁에 남아, 언제고 그때의 기적을 다시 체험하게 해줄 것이다. 그거야말로 살아서 경험할 수 있는 진짜 천국일지 모른다(그래도 역시 천국에 가기는 힘들겠지만).

큰일이다. 나는 여름에 영화를 찍는 기쁨과 고통의 굴레에 완벽하게 갇혀버렸다. 이 무한 반복되는 절망과 희망의 쳇바퀴를 도저히 빠져나갈 수가 없다. 매번 잘못인 줄 알면서 다시 같은 죄를 짓는 기분인데, 그 모든 과정을 은근히 기다리고 기대하고 때론 즐기기까지 하는 나를 발견하고 만다. 여름 날씨에 오락가락하다 결국 미쳐버린 건가. 앞서 감히 '여름 덕후'란 근사한 말로 나를 어여삐 포장하려 한 추태를 진심으로 반성한다. 그냥 정신 나간 영화인일 뿐이다.

〈손님〉을 촬영할 땐 일주일 남짓한 회차 내내 비가 내렸다. 덥고 쨍한 여름날 하루 동안 벌어지는 이야기라 설정을 갑자기 바꿀 수도 없었다. 결국 그냥 촬영을 감행해야 했다. 모든 대사에 빗소리가 은은하게 새어 들어가도. 우천에 조명 장비를 보호하느라 스태프들이 갖은 애를 먹어도. 도중에 하루는 엄청난 폭우가 쏟아져 결국 촬영을 쉬었는데, 그쯤 되니 그냥 끝까지 찍어 완성이나 할 수 있으면 좋겠다는 마음만 굴뚝 같았다. 어이가 없었다. 오랜 꿈을 위해 알뜰살뜰 모아온 돈을 죄 쏟아부으며 온갖 고생을 다 하고 있는데 목표가 고작 완주라니. 허탈한 마음에 혼자 텅 빈 촬영장을 방문해, 하염없이 내리는 비를 바라보며 궁상만 떨다 온 기억이 아직도 생생하다.

그때 일에 대한 보상(?)인지 이후 〈콩나물〉을 찍을 땐 전혀 비가 오지 않았다. 역시 덥고 쨍한 여름날 하루 동안 벌어지는 이야기였고, 전체가 야외 장면이라 걱정이 많았는데 놀랍게도 촬영 첫날부터 강렬하고 뜨거운 햇빛이 한가득 쏟아지기 시작했다. 그리고 정말 끝내주게 더웠다. 더워 죽을 지경이었다. 이번엔 땡볕에서 고생하는 스태프들이 돌아가며 더위를 먹었다. 안 그래도 폭염으로 인한 사건 사고가 끊이지 않던 시기라, 제발 모두 무사히 버텨주기를 기도하는 것밖에 할 수 있는 게 없었다. 하지만 놀랍게도 영화의 주인공이자 현장의 최연소 동료인 일곱 살 김수안 배우만큼은 끄떡없었다. 오히려 더우면 더울수록 더 생기 가득 청량한 에너지를 한껏 분출하고 다녔다. 결국 그 친구의 힘찬 기운이 다시 우리 팀을 일으켰다. 역시 어떤 상황에서도 여름을 고스란히 즐길 수 있는 사람은 어린이뿐이었다.

장편까지 여름에 찍게 되었을 땐 정말 이를 악물고 만반의 준비를 하려고 애썼다. 그 준비라는 게 결국 일기예보에 대한 믿음과 희망을 내려놓고, 날씨가 바뀔 경우의 대비책들을 가능한 한 많이 만들어놓는 일에 불과했지만. 그래도 그간의 다양한 현장 경험으로 여름 촬영 자체는 꽤 익숙해졌다고 생각했다. 심지어 직전에 연출부로 참여했던 상업영화도 한여름을 끼고 촬영한 작품이라, 이제 여름 현장은 알 만큼 안다고 자신하고 있었다.

하지만 촬영에 들어가자 생전 처음 보는 여름이 시작되었다. 이게 정말 여름이 맞나 싶을 만큼 난데없고 황당한 여름날이 끝없이 이어졌다. 이미 겪을 만큼 겪었고 알 만큼 안다고 생각했는데, 내가 겪고 아는 건 그해 여름들뿐이라는 걸 그제야 깨달았다. 모든 여름은 전부 완전히 다른 모습이었다.

〈우리들〉을 찍을 땐 늘 해가 뜰락 말락 비가 올락 말락한 애매한 날씨가 계속되었다. 덕분에 장마로 촬영이 지연되거나 폭염으로 동료들이 지치거나 하는 불상사는 전혀 없었다. 물론 운동장 장면을 찍을 땐 모두가 한낮의 태양 아래 장시간 버티는 고초를 겪긴 했다. 그래도 기온이 크게 오르진 않았고 구름도 자주 드리우는 편이라 다른 때에 비하면 충분히 감당할 수 있는 안전한 수준이었다. 이번에야말로 영화의 신이 우리와 함께하는 것 같았다.

다만 매미 소리는 좀 걱정이었다. 도대체 어떻게 알고들 그러는 건지 촬영만 들어가면 정말 시끄럽게 울어댔다. 새벽에도 울었고 한밤에도 울었다. 밖에서도 들렸고 안에서도 들렸다. 역시 매미야말로 험난한 여름 촬영을 더 고생스럽게 만드는 숨은 빌런이라는 사실을 다시금 절절히 깨닫게 되었다. 하지만 매미를 어쩌겠는가. 7년을 땅속에서 고생하다 나와서 얼마 살지도 못하는데 실컷 울 기회조차 뺏을 순 없지 않은가(비록 동시녹음 팀은 고막이 나가고 믹싱감독은 편집하다 기함하겠지만).

그런데 영화를 3분의 1쯤 찍은 무렵의 어느 날, 촬영감독님 두 분이 모니터 앞에서 나누는 대화를 우연히 듣게 되었다. 둘 모두 빛이 없어도 너무 없는 거 아닌가, 하늘이 이렇게까지 흐릴 일인가 하며 걱정하고 있었다. 그러고 보니 초반 회차에 두 분이 내게 사뭇 진지하게 물은 적이 있었다. 여름 느낌이 전혀 안 나는 것 같은데 정말 이대로 괜찮겠냐고. 생각해보니 그날 이후 이런 농담을 들은 적도 있었다. 우리 영화가 꼭 해가 전혀 안 드는 척박한 동유럽권에서 만든 음울한 예술영화 같지 않냐고. 사실 그때는 어떻든 매일 현장이 굴러간다는 사실에 크게 감동해 다른 문제는 눈에 들어오지도 않았다. 그래서 여름 느낌이 안 난다느니, 음울해 보인다느니 하는 사치스러운(?) 고민을 하고 있을 시간에 리허설이나 한 번 더 하자는 심정이었다.

그런데 며칠 뒤 가편집본을 살펴보다 그만 큰 충격을 받아 할 말을 잃었다. 모든 장면에 심각할 정도로 흐리멍텅하고 우중충한 하늘이 한가득 펼쳐져, 극의 전체적인 분위기가 아주 무겁고 어둡게 변해가고 있었던 것이다. 이렇게 황량하고 울적한 느낌의 영화를 만들 생각은 추호도 없었는데. 그런 영화를 만들지 않으려고 2년이 넘도록 시나리오를 수정한 건데. 정신이 아득해졌다. 아니 분명 이번엔 영화의 신이 우리와…… 굉장히 우울한 상태로 함께하는 건가……?

다행히 이를 꾸준히 염려해온 촬영감독님들이 이미 해결을 위해 나선 상태였다. 매일 목이 꺾이도록 하늘을 올려다보면서, 해가 새침하게 고개를 드는 순간을 기다렸다 촬영을 해온 게 다 이유가 있었다. 그 와중에 왜 그렇게까지 공을 들이냐며 재촉하는 무지하고 성질 급한 감독까지 달래야 했으니 얼마나 고생이 많았을까. 하지만 그 결과, 한결 가볍고 산뜻해진 분위기의, 때론 눈부신 햇살이 한가득 쏟아지는 진짜 여름날의 모습을 좀 더 담아낼 수 있었다. 심혈을 기울인 색보정 작업도 한몫했고. 그런 세심한 관심과 번잡한 노력, 끈질긴 정성이 없었다면 이 영화가 어떤 모습으로 완성되었을지 생각만 해도 끔찍하다. 아이들은 끝없이 싸우고 하늘은 계속 무너져 내리고…… 세상에서 가장 우울한 영화를 완성한 뒤 나는 평생을 조용히 우울해했겠지. 심장이 다 내려앉는다.

〈우리집〉을 촬영할 때는 정말이지…… 너무 할 말이 많지만 여기서 다 하지는 않겠다. 사실 다 할 수도 없다. 동료들과도 그때의 고난에 대한 수다를 시작하면 아직도 3박 4일 밤을 새운다. 그때의 현장이야말로 어디서부터 어떻게 설명해야 할지 절대 정리가 되지 않는 천일야화다.

2018년 여름엔 일어날 수 있는 모든 일이 다 일어났다. 여름이 가진 모든 면모를 속속들이, 한꺼번에, 아주 극단적인 형태로 경험할 수 있는 엄청난 현장이었다. 연일 40도를 넘어가는 최악의 폭염이 계속되었고, 연이어 슈퍼태풍들이 줄줄이 찾아와 혼을 쏙 빼놨다. 막판엔 늦은 장마로 끝없이 비가 내려 잠시도 긴장을 놓을 수 없었다. 정말이지 단 하루도 맘 편히 안심하고 찍은 날이 없었다. 또다시 그저 무사 완주만을 바라는 일밖에는 아무것도 할 수 있는 게 없었다.

그 어마무시했던 현장을 모두가 끝까지 버텨 결국엔 영화를 완성했다는 게 아직도 믿기지 않는다. 그렇게 만들어진 영화가 지금까지 만든 영화 중 가장 여름의 정취를 많이 담아낸 진짜 '여름 영화'가 되었다는 사실도, 여전히 내겐 믿지 못할 기적이다.

그러니까 '왜 늘 여름을 배경으로 영화를 찍는가'에 대해선 내가 할 수 있는 말이 없다. 그저 어쩔 수 없는 상황을 감내하면서, 동료들의 이해와 헌신을 등에 업은 채 에라 모르겠다며 무작정 앞으로 나간 것밖에는 한 일이 하나도 없으니까. 하지만 '그래서 또다시 그 고생을 하며 아이들이 주인공인 여름 영화를 찍을 것인가' 하고 묻는다면 그건 대답할 수 있다.

물론. 당연하다. 언제든 다시 기회가 주어진다면 꼭 아이들이 등장하는 여름 영화를 찍을 것이다. 찍지 않을 이유가 없다. 여름 속에서 무럭무럭 자라나는 아이들을 담아내는 것보다 더 아름답고 짜릿한 영화적 체험은 어디에도 없을 테니까.

나도 안다. 이 정도면 그냥 병이다. 심각한 불치의 여름병. 이제 와 고치긴 그른 것 같으니 그냥 평생 여름에 영화

찍으며 행복하게 살아야지. 사랑하는 동료들에겐 미리 송구
와 감사의 말씀 전하오며……(살려주세요).

수집엔 취미도 소질도 없지만

다행히 뭔가를 수집하는 데는 큰 취미도 소질도 없다. 좋아하는 게 너무 많고 한번 빠지면 좀처럼 헤어 나오지 못하는데, 거기다 수집의 맛까지 알았다면 아마도 젊은 날 일찌감치 패가망신해 거지꼴을 못 면했을 것이다(행복한 거지는 됐겠지만). 천운이다.

수집에 도전해본 적은 있다. 아빠가 물려주신 우표책에 특이한 외국 우표나 크리스마스 씰 같은 걸 모아 붙인다거나, 예쁜 틴 케이스가 생기면 과자에 든 스티커나 카드 등을 따로 챙겨 넣어두기도 했다. 다 어릴 적 일이다. 별로 오래가지도 않았고.

그래도 영화와 관련해서는 좀 더 정성스럽고 끈질긴 시도들이 있었다. 폐업하는 비디오 가게를 찾아다니며 좋아하는 영화의 비디오테이프를 사 모으기도 했고, 매달 용돈을 아껴 구매한 영화잡지들을 책장에 가지런히 꽂아두기도 했다. 관람한 영화의 전단지나 티켓을 따로 모아 보관하던 때도 있었다. 어쨌든 모두 '수집'이라기보다는 '미래를 위한 투자' 내지는 '추억 보관'이라 불리는 게 더 적합한 단순 일과에 불과했다.

성인이 된 이후에는, 여전히 '수집'까진 아니지만 '채집' 정도로는 불릴 만한 나름의 취미 활동이 생기긴 했다. 별건 아니고, 그냥 어릴 때 좋아했던 문구류나 장난감, 만화책 등 이른바 '고전 문구 완구'로 불리는 옛날 물건들을 조금씩 모으기 시작했다. 옛날이라고 해봤자 내가 어린이·청소년으로 자란 8~90년대에 만들어진 제품들이 대부분인데(옛날 맞음), 가끔은 정서가 크게 다르지 않은 6~70년대의 물건들을 같이 살펴보는 정도였다(진짜 옛날 맞음).

절대 오해는 없길 바란다. 이 분야야말로 문화사, 생활사에 대한 심도 깊은 이해를 바탕으로 폭넓고 가치 있는 수집을 해나가시는 분들이 정말 많다. 늘 존경하고, 동경하고, 많이 배운다. 나는 그런 멋진 수집가는 전혀 못 된다. 내 수집에는 그 어떤 학구적인 호기심이나 전문가적인 소양은 조금도 찾아볼 수 없다. 오히려 중구난방의 물건들을 충동적으로 구매하거나 운 좋게 발견하는 해프닝에 더 가깝다. 수집의 기준도 모호하다. 내가 자라온 시절과 연결되어 있거나 그때의 정서를 느끼게 하는 것이라면 일단 수집 대상이 된다. 아주 사적인 시선으로, 지극히 주관적인 감각에 따라 행해지는, 오직 나만을 위한 은밀한 여가 생활일 뿐이다.

요즘은 빈티지니 레트로니 뉴트로니 하며 오히려 오래된 것을 선호하고 복고적인 분위기를 멋지다고 느끼는 것 같다. 그런 유행이 반가운 건 사실이지만, 여전히 적응이 잘 안 되긴 한다. 오래전 그런 취향을 좇을 땐(라떼는 말이야), 젊은 애가 왜 그리 낡고 촌스러운 것에 돈과 시간을 낭비하냐며 구박도 많이 받았는데. 사실 그땐 나도 그런 내가 잘 이해가 가지 않아 종종 당황스러울 때가 있었다. 그런 내 취향이 어쩐지 부끄러워 애써 숨긴 적도 많았고.

지금 생각해도 이유는 잘 모르겠다. 그냥 그런 물건들을 보고 있으면 기분이 좋아진다. 다시 그 시절로 돌아가 유년을 새롭게 경험하는 느낌도 든다. 모든 게 지금보다는 천천히 흘러가고, 조금은 더 다정하게 느껴졌던 그때가 되살아나는 기분이 든다. 물론 그 시절을 다 지나와 비로소 안전한 자리에 이르러 추억하게 된 입장에서만 느낄 수 있는 감정인지도 모른다. 실제 그 시절을 무사히 살아내는 건 결코 만만한 일은 아니었으니깐.

　어릴 땐 살림이 넉넉지 않아 실제로 내 손에 쥘 수 있는 게 거의 없었다. 늘 진열장에 장식된 것을, 친구들이 갖고 있는 것을 하염없이 바라보는 입장이었다. 운 좋게 뭔가를 갖게 되어도 집을 옮길 때마다 꼭 필요한 것을 제외하고는 정리해야 했다. 이사가 잦던 시절이었다. 그렇다고 굳이 가질 수 없는 것을 바라거나, 이미 버린 것을 그리워하는 성격도 아니었다. 그저 주어진 환경에서 충분히 놀았고, 부족한 건 부지런히 상상하며 자랐다. 당연히 그래야 하는 상황이니까 마땅히 받아들이고 살았다. 대부분의 아이들이 그런 것처럼.

　그런데 정작 성인이 되고부터, 어린 시절 이런저런 이유로 외면하거나 이별해야 했던 많은 것들이 이따금 하나씩 떠오르기 시작했다. 다 커서 새삼스럽게. 어쩐지 너무도 분명하고 소상하게. 학교 간 사이 엄마가 고물상에 내다 팔았던 곰 인형이라든가, 옆집 친구가 싱가포르로 이민 가며 물려준 열네 권의 그림책 전집이라든가, 사촌 언니네 갈 때마다 넋 놓고 바라보았던 교실 모형의 인형 놀이 세트 같은 것들이. 그런 기억 저편에 묻어두었던 추억의 물건들이 자꾸만 머릿속을 돌아다니기 시작했다. 그것들을 아직도 기억하고 그리워하는 나는 여전히 다섯 살, 아홉 살, 열세 살의 어린이였다. 내 안의 어린 마음들은 여전히 그것들을 보고 만지고 느끼고 싶어 했다. 다시 놀고 싶어 했다. 그때처럼 단순하고 온전한 마음으로. 충분히 즐겁고 만족스럽게. 모험은 그렇게 시작됐다.

장난감이나 문구류는 주로 초등학교 앞의 오래된 문방구들을 돌아다니며 발굴했다. 지금은 대형 체인점과 인터넷 시장의 발달로 문구점 자체가 많이 사라졌지만, 탐사를 막 시작했던 2000년대 초반만 해도 오랜 역사와 전통을 자랑하는 문방구들이 여전히 건재했다. 아아. 그때 더 자주 찾아다니고 더 많이 사두었어야 했는데……. 얼마 지나지 않아 소위 '업자'들이 등장해 팔도의 문방구들을 헤집고 다니며 추억의 물건들을 탈탈 털어가기 시작했다. 그 뒤론 아무리 구석진 동네의 외딴 문방구를 찾아가도 원하는 보물을 발견하기가 정말 어려워졌다.

뭐, 덕분에 이젠 클릭 한두 번이면 온라인 매장 속 깔끔하게 정리된 고전 문구 완구들을 언제든 손쉽게 구매할 수 있게 되었다. 물론 상당한 웃돈을 얹어야 하지만. 그런데 좀 그렇다. 꼭 비싼 가격 때문이 아니더라도, 그렇게 간편하고 뻔뻔한 방식으로 유년의 기쁨을 다시 맛본다는 건 어쩐지 내 양심이 허락하지 않는다. 재미도 없고. 어쨌든 '구매하는' 것과 '구하는' 것은 완전히 차원이 다른 경험이니까.

그래서 나는 여전히 문방구를 찾는다. 혹시나 하는 기대와 희망을 바짝 끌어안고. 어느 것 하나도 놓치지 않겠다는 집념과 투지에 불타오르며. 아직 누구도 발견하지 못한 미지의 보물을 찾아 때때로 나만의 위대한 모험을 떠나곤 한다.

어쩌다 정말 운이 좋으면, 개업 이래 단 한 번도 재고 정리를 하지 않은 귀한 가게를 만나기도 한다. 그러면 정말 정신 똑바로 차려야 한다. 마음 굳게 먹고 빈틈없이 완벽한 탐사를 진행해야 한다. 특히 8~90년대를 강타한 대성완구와 영실업의 미미, 안나, 쥬쥬 같은 고전 인형들을 마주한다면, 또는 바른손이나 영아트 같은 국산 팬시 브랜드에서 만든 캐릭터 문구 완구들, 이를테면 떠버기, 개골구리, 금다래 신머루, 리틀토미, 푸키, 헬로피피 같은 온순한 인상의 삼등신 친구들을 발견하게 된다면, 무슨 일이 있어도 절대 빈손으로 그곳을 떠나선 안 된다. 이후 죽을 때까지 두 번 다시 그들을 만나지 못할 수도 있으니까. 그러니 절대로 포기해 선 안 된다. 평생 전혀 쓸 일 없을 빛바랜 메모지라도, 녹슬어 잘 열리지도 않는 무거운 철제 가방이라도, 바스라지는 낡은 상자 속 먼지 묻은 인형이라도 무조건, 최대한 많은 친구들을 데리고 나와야 한다. 그때야말로 영혼까지 끌어올려 내가 가진 모든 걸 투자해야 하는 결정적 순간이다.

언젠가 춘천 여행에서도 그랬다. 하필 여행 첫날, 우연히 들른 작은 문방구에서 엄청난 보물들을 대거 발견하고 만 것이다. 그래 뭐, 엄밀히 말하면 우연은 아니었다. 혼자 여행할 때면 늘 동네 문방구들을 거점 삼아 동선을 짜곤 했으니깐. 인정한다. 다분히 의도적인 방문이자 목표를 정확히 이룬 결과였다. 그래서 더 뿌듯하고 기쁜 것도 사실이었고. 하지만 이제 막 시작한 여행인데 갑자기 짐이 많아지는 게 걱정이 되긴 했다. 그냥 가방에 들어갈 만큼만 살까, 아니면 며칠 후 다시 올 테니 제발 그때까지 팔지 말고 기다려달라고 읍소할까, 한참을 고심했다. 그리고 가장 어른답고 현명한 선택을 내렸다. 여행 경비를 탈탈 털어 사고 싶은 것을 모두 산 뒤 바로 집으로 돌아간 것. 그 와중에도 정신 줄 놓지 않고 돌아갈 차비만큼은 혹독하게 지켜낸 나 자신이 얼마나 자랑스러웠는지 모른다.

그때의 진짜 고민은 돈도, 무게도, 남은 여행도 아니었다. 당시 정말 머리 싸매고 고민했던 문제는 바로 '운반'이었다. 대체 그 많은 물건을 어떻게 혼자 집까지 가져가야 할지 눈앞이 깜깜했다. 하지만 천만다행히도 친절한 사장님께서 말끔히 해결해주셨다(그렇게 많이 팔면 누구라도 친절해질 수 있다). 걸어서 갈 수 있는 우체국의 위치를 알려주시고 작은 수레까지 빌려주신 것! 덕분에 산더미 같은 물건들을 커다란 상자 3개에 나눠 담아 집까지 택배로 보낼 수 있었다. 집에 도착해 택배를 기다리는 내내 어찌나 떨리고 두근거리던지. 실제 여행보다 더 설레는 며칠을 보냈다.

이후 그날의 사건을 교훈 삼아 다른 지역에 갈 일이 생기면 늘 추가 경비를 두둑하게 마련한다. 또 동선을 짤 때 문방구뿐 아니라 택배를 부칠 수 있는 곳까지 함께 알아보며 늘 신중에 신중을 기한다. 이제는 문방구 자체가 거의 사라져 살아생전 그런 기적 같은 탐사를 다시 경험할 수 있을지 모르겠지만. 보물 이전에 보물섬이 더 그리워지는 요즘이다.

사실 내가 오랜 시간 제일 공들여 모으고 있는 건 다름 아닌 옛날 책들이다. 주로 어린 시절 보았던 그림책과 동화책, 만화책과 잡지, 백과사전, 도감, 도안집 같은 걸 틈날 때마다 부지런히 사 모으고 있다. 특히 6~80년대에 크게 유행했던 한국 만화들은 내 유년기를 가장 환하게 밝혀준 등불이었는데, 그래서 우연히라도 그들을 발견할 때면 마치 인디아나 존스라도 된 양 몸을 날려 생난리를 치면서 기어코 손에 쥐고 만다.

고전 만화책을 구하는 방법은 좀 까다롭다. 십수 년 전에는 그래도 서울 외곽의 헌책방이나 폐업하는 만화방 등에서 운 좋게 발견할 수 있었는데, 이제 더는 그런 곳에서 찾을 수 없다. 그런 장소 자체가 거의 사라져버렸다.

이제는 오프라인 대신 온라인을 통해, 발품 대신 손품과 눈품을 부지런히 팔아야만 가뭄에 콩 나듯 구할 수 있다. 가격도 부르는 사람에 따라 천차만별이라 마음 단단히 먹어야 하고. 그나마 믿을 만한 경매 사이트를 통한다면 좀더 안심하고 구매할 수 있지만, 신뢰할 만한 인증 절차가 따로 없는 온라인 중고 장터에서는 늘 사그라들지 않는 불안과 긴장 속에서 거래를 진행해야 한다. 가격은 더 비싼데 책 상태는 더 엉망인 경우도 많으니 큰 기대는 내려놓는 게 좋다(어쨌든 사지 않는다는 옵션은 여기에 없다). 그래도 상관

없다. 오랜 세월 찾아 헤매던 만화책을 마침내 손에 쥐는 순간, 그간의 모든 고통과 설움은 눈 녹듯 다 사라지고 말 테니. 이제 남은 건 만화책과 나의 영원한 동행뿐일 테니.

늘 눈에 불을 켜고 찾는 만화책들이 있다. 바로 6~80년대에 크게 유행했던 길창덕, 윤승운, 신문수, 박수동, 신영식 화백의 명랑만화들이다. 맞다. 나보단 내 위 세대가 더 많이 보고 좋아했던 작품들이다. 내 친구들 중에도 그들의 만화를 전혀 보지 않고 자란 이들이 더 많을 정도다. 내가 이렇게 된 건 다 아빠 때문이다. 헌책방을 자주 들르던 아빠가 종종 나와 남동생이 볼 만한 만화책도 같이 사 오시곤 했는데, 그게 다 저들의 명랑만화였던 것이다(이래서 조기교육이 그렇게 중요하다고 하나 보다).

학교에 들어가기 전부터 보기 시작했으니, 한글을 그들의 만화로 배운 거나 다름없었다. 그래서 그런가. 만화를 본다고 혼난 적은 한 번도 없었다. 덕분에 다양한 종류의 만화를 더 적극적으로 찾아보는 재미에 푹 빠졌고, 그렇게 세상을 보는 시야도 조금씩 넓어지게 됐다. 박수동의 『고인돌 별똥 탐험대』를 읽은 뒤, 너무 깊고 아득해 무섭기만 했던 밤하늘이 난생처음 수많은 이야기로 가득한 미지의 세계로 보이기 시작했다. 신문수의 『도깨비 감투』를 보고 나서는, 초능력과 책임 의식의 상관관계를 너무 심각하게 고민하다 멘붕에 빠져, 제발 내게는 초능력이 생기지 않기를(그래서 어떤 무거운 책임도 내게 오지 않기를) 열심히 기도하기도 했다. 그렇게 나는 만화를 통해 보이지 않던 것을 보고, 느끼지 못했던 감정을 느끼게 되었다. 만화가 내 삶을 활짝 열어주었다.

웬만해선 뭐든 조르는 일이 없던 내가 처음으로 사달라고 졸랐던 것도 만화책이었다. 나중엔 아예 헌책방에 데려가달라고 아빠를 조르기도 했는데, 내 눈으로 직접 찾아보면서 내 취향에 더 잘 맞는 만화들을 만나고 싶어서였다. 이후 열정이 다소 과했던 학창 시절엔, 동네 만화방에 피 같은 용돈과 황금 같은 방학을 통째로 쏟아붓는 부작용이 빈번하게 발생하긴 했지만…… 어쨌든 그 시절의 그 명랑만화들 덕분에, 만화는 내 생에 영화 다음으로 소중한 마음의 양식이자 순수한 오락이 되어주었다. 영화가 일이 된 지금, 어쩌면 만화만이 내게 남은 유일한 놀이이자 안식처일지도 모르겠다.

가장 심혈을 기울여 모으고 있는 작품은 단연 길창덕

화백의 만화들이다. 많은 팬들이 원조 격인 어문각에서 발행한 새소년 클로버문고 시리즈를 수집하는 데 반해, 나는 내가 어린 시절 봤던, 80년대에 기린원에서 복간한 버전의 책들을 주로 모으는 중이다. 『재동이』를 시작으로 『꺼벙이』 『만복이』 『덜렁이』 『쭉쟁이』 『고집세』 『이웃집 돌네』 등으로 이어지는 그의 요절복통 꾸러기 시리즈는 늘 굉장한 재미와 감동으로 내 마음을 발칵 뒤집어놓았다. 물론 아이들의 환상적이고 스펙터클한 모험담을 그려낸 『박달도사』와 『신판 보물섬』도, 누구나 아는 옛날이야기를 재기 발랄하게 각색한 『코미디 홍길동』도 모두 사랑해 마지않는 작품들이었지만(아직 『선달이 여행기』를 보지 못한 게 천추의 한이다).

그러나 역시 나는 늘 꾸러기 시리즈 쪽에 좀 더 마음이 갔다. 주인공들이 꼭 나 같은 평범한 아이들이라 그랬을지도 모르겠다. 잘하는 것보단 못하는 게 더 많고 칭찬받는 일보단 혼나는 일이 더 많은. 어쩌면 주된 무대가 집과 학교와 동네뿐이라는 점이 나와 꼭 같아 더 편하게 느낀 건지도 모르겠다. 그들이 일으키는 사건 사고도 일상에서 충분히 경험할 수 있는 종류의 것들이라 더 깊이 공감했던 것도 같고. 대부분 남자아이가 주인공이었지만 성별을 떠나 오직 어린이로서의 정체성에 충실한 인물이었다는 점도, 반공이데올

로기와 충효 사상을 강조하는 시대적 한계 안에서도 늘 어린이다운 명랑하고 발칙한 말썽이 끊이지 않았다는 점도 모두 그의 만화를 사랑할 수밖에 없는 이유였을 거다.

그림체는 또 어떤가. 대상의 주요한 특징을 분명하고 정확하게 잡아내는 그의 단정하고 명료한 선들은 늘 감탄을 자아내기에 충분했다. 인물 표현도 정말 놀라웠고. 돌돌이 안경이나 반쯤 감긴 눈, 진한 일자형 눈썹이나 머리의 큰 땜빵(사실 원형탈모였을까? 꺼벙이는 정말 스트레스가 많아 보였다) 등, 작은 외모적 특징들을 성격과 연결시켜 그 인물만의 개성과 매력으로 재치 있게 살려냈다. 한편, 주요 소품이나 의상, 장소 등도 절대 대충 표현하지 않았다. 다양한 종류의 빗금과 명암, 화살표와 기호 등을 적절하게 활용해 재밌는 디테일을 한가득 만들어냈다. 그렇게 많은 것들이 다 들어가 있는데도 늘 숨을 돌릴 수 있는 여백이 함께 있었다. 가히 천재적인 연출이었다.

초등학생 무렵, 나도 그의 기법을 고스란히 베껴 만화를 그려본 일이 있었다. 여자아이가 주인공인 짧은 에피소드로 진행되는 만화였는데, 일단 재미없는 건 둘째 치고 주인공의 얼굴이 칸마다 달라져 내가 봐도 혼란스러웠다. 매번 똑같은 그림을 반복해서 그려내는 것도 엄청난 재능이라는 것을 그때 제대로 깨달았다. 결국 얼마 못 가 아무런 공지 없이 연재를 중단했는데, 유일한 독자였던 가족들 누구도 이에 대해 항의하거나 궁금해하지 않았다(아무도 안 읽은 것 같아……).

　『박달도사』 1권에 너무 좋아서 마르고 닳도록 보고 또 봤던 부분이 있다. 극 전체로 볼 땐 별로 중요하지 않은 부분인데, 나는 읽을 때마다 극도로 설레고 흥분되어 늘 꿈을 꾸는 기분이었다. 사건은 단순했다. 주인공 박달이는 동네의 불우한 할아버지를 도와드린 후, 소원을 이루어주는 구슬을 선물로 받는다. 박달이는 첫 번째 소원으로 자기 방을 만들어달라고 부탁하는데, 이에 구슬 요정은 곧장 마당의 나무 위에 작은 통나무집을 하나 만들어준다. 처음에 박달이는 다소 볼품없고 초라해 보이는 외관에 실망한다. 하지만 안으로 들어가자 곧 엄청난 광경이 펼쳐진다. 그 작디작은 통나무집 안에 넓고 으리으리한 방들이 끝없이 이어져 있었던 것이다. 큰 샹들리에 아래 푹신한 소파가 놓인 우아한 거실을 지나면, 고급스러운 분수대가 물을 뿜는 커다란 목욕탕이 나왔다. 그리고 온갖 장난감들이 가득 쌓인 아늑한 놀이방이 줄줄이 이어졌다.

정말 마법 같은 장면이었다. 볼 때마다 가슴이 벅차올라 늘 심장이 쿵쿵 뛰었다. 네 식구 겨우 발 뻗고 자는 열 평 남짓한 집에 살면서 감히 나만의 공간을, 아니 나만의 무언가라도 가질 수 있다는 생각은 꿈조차 꿔본 적이 없던 시절이었다. 어쩌면 그때 처음으로 깨달았는지도 모르겠다. 현재 내게 없는 것이라도 감히 원하고 꿈꿀 수 있다는 것을. 선한 마음으로 주변과 더불어 살아가다 보면, 언젠가 정말 원하고 꿈꾸던 자리에 이를 수도 있다는 것을.

어린 날의 물건들을 기적처럼 다시 만날 때마다 늘 그 장면이 떠오른다. 그토록 원하던 자기만의 것을 갖게 된 박달이의 기분이 바로 이런 느낌이었을까 상상하면서 벅찬 행복과 감동에 사로잡힌다.

사실 그 이후에 펼쳐지는 광경은 가히 충격적이다. 박달이의 어마어마한 통나무집을 보고 깜짝 놀란 박달이의 부모님이 박달이를 내쫓고 그 집을 차지해버린 것. '어린애가 이런 사치스러운 곳에서 지내는 건 교육상 좋지 않다'면서. 그리고 얼마 지나지 않아 구슬 요정이 그 꿈의 집을 완전히 사라지게 하는 장면도 나온다. 맙소사. 그렇게 멋진 집을 그렇게 함부로 없애버리다니! 그 집 하나만 있으면 못해도 다섯 권 이상의 흥미진진한 모험이 펼쳐질 수 있는데……

그 뒤 박달이는 아예 소원을 이루는 힘을 얻고 싶다는 너무도 천재적인 소원을 빌어 4차원의 세계로 넘어간다. 그리고 신선 할아버지를 만나 갖가지 도술을 익힌다. 그러 나…….

사실『박달도사』2권을 읽은 적이 없어서, 이후 어떤 모험이 펼쳐지는지 전혀 모른다. 궁금해죽겠다. 그래서 박달이는 정말로 소원을 이루는 힘을 얻고 도사가 되었을까. 그래서 자신이 원하는 바를 모두 이루며 살았을까. 그렇다면 그 멋진 통나무집도 다시 살려냈겠지. 정말 원하고 좋아하는 것들로만 가득 채워서.

누구『박달도사』2권 제게 파실 분 안 계실까요? 파손이나 낙장 없이 대체로 양호한 상태면, 제가 값은 정말 잘 쳐드릴 수 있는데…….

아담문방구 아저씨

어린 시절, 내가 다니던 초등학교 앞에는 무려 5개의 문방구가 나란히 늘어서 있었다. 각각의 문방구들은 저마다 다른 장단점이 있었다. J문방구는 학용품은 종류별로 다양하게 많은데 주인아주머니가 깐깐해 자꾸 잔소리를 한다든가, S문방구는 할인은 잘 안 해주지만 최신 유행의 장난감이 제일 먼저 들어온다든가 하는.

우리는 각자의 성격과 기호에 따라 각기 다른 문방구를 다녔다. 화장실도 같이 다닐 만큼 절친한 사이여도(그땐 정말 왜 그랬는지 몰라), 문방구에 갈 때만큼은 각자의 취향과 목표에 맞춰 쿨하게 찢어졌다. 그 시절 우리에게 문방구는 그저 필요한 물건을 사는 곳만은 아니었다. 대부분의 상점이 어른을 중심으로 돌아가는 데 반해, 문방구만큼은 늘 아이들의 욕구를 최우선으로 하는, 어쩌면 아이들을 위해 존재하는 거의 유일한 가게였으니까. 돈만 있으면 아무 때고 혼자서도 당당하게 들어가 원하는 것을 손에 쥘 수 있는 곳, 또 돈이 없더라도 언제든 새롭고 다양한 물건들을 마음껏 엿볼 수 있는 곳이 바로 문방구였다. 그리고 문방구는 부모나 선생처럼 우리를 돌보고 보살필 의무가 없는 어른과 처음으로 관계를 맺어보는 특별한 장소이기도 했다. 그 관계는 마음에 들지 않으면 언제든 내 쪽에서 먼저 그만둘 수 있는 놀라운 자율성을 확보하고 있었지만, 함부로 그만두면 정말 원하는 것을 갖지 못할 수도 있으니 늘 신중을 기해야 했다. 우리는 그렇게 문방구를 통해 진짜 사회생활을 경험하는 중이었고, 그렇기 때문에 어떤 문방구를 단골로 삼을지 결정하는 건 우리 모두에게 아주 중요한 문제였다.

5개의 문방구 중 내가 제일 좋아했던 문방구는 '아담문방구'였다. 아담문방구는 확실하게 눈에 띄는 장점이나 단점이 보이지 않는다는 게 바로 장점이자 단점인 가게였다. 물건은 늘 애매하게 유행에 뒤쳐져 있었고, 진열은 어딘가 묘하게 중구난방이라 자주 헤맬 때가 많았다. 하지만 대부분이 오래도록 질리지 않고 쓸 만한 무던한 제품들이라 뭘

사도 실패가 없었고, 층층이 복잡하게 쌓인 진열장을 미로처럼 탐색하다 뜻밖의 보물을 발견하는 기쁨도 있었다. 그리고 무엇보다 주인아저씨가 정말 좋았다. 그 주인아저씨야말로 내가 아담문방구를 찾는 결정적 이유였다.

아담문방구 아저씨는 어떤 상황에서도, 어떤 아이에게도 늘 친절하고 다정하게 응답하는 좋은 어른이었다. 아저씨는 우리가 한참을 구경만 하고 있어도 전혀 재촉하지 않았고, 언제까지고 늘 환한 미소로 말없이 기다려주시기만 했다. 실수로 물건을 떨어트려도 야단은커녕 지레 겁먹은 우리를 진정시키고 다독이시기 바빴다. 그러다 아무것도 고르지 못한 채 떠나도 늘 처음 인사했을 때와 똑같이 자상한 목소리로 배웅의 인사를 건네주셨다. 또래에 비해 겁도 수줍음도 많아 작은 일에도 쉽게 긴장하던 내가 유일하게 편하게 느낀 어른이 바로 아담문방구 아저씨였다. 혹시 엄마아빠한테 무슨 일이 생기면 달려가 도움을 요청하리라 남몰래 마음먹을 만큼 믿고 좋아했던 든든한 이웃이었다.

열 살 무렵의 어느 날, 갑자기 얼마간의 용돈이 생겼다. 나는 한걸음에 아담문방구로 달려가 스티커 세트가 줄줄이 매달린 매대 앞에 섰다. 당시 TV에서 한창 유행하던 온갖 만화영화의 주인공들이 다 거기에 있었고, 나는 곧 〈빨강머리 앤〉의 다이애나와 〈은비까비의 옛날옛적에〉의 은비가 그려진 스티커를 찾아낼 수 있었다. 방과 후 늘 그 앞에 서서 하염없이 구경만 하다 갔는데, 같은 자리에서 같은 물건을 이토록 다른 마음으로 바라볼 수 있다는 사실이 그저 놀랍고 신기하기만 했다.

둘 중 누굴 데려갈까 하는 행복한 고민에 빠져 있는데, 문득 같은 반 친구 한 명이 문방구 안으로 들어왔다. 그 친구는 이것저것 필요한 것들을 재빨리 고르더니 곧 내가 구경중이던 매대 앞으로 성큼성큼 다가왔다. 그러고는 제대로 살펴보지도 않고 다양한 종류의 여러 스티커들을 몇 장씩 획획 뽑아 가서는 후다닥 계산하고 바람과 함께 사라졌다.

스티커 한 장을 사려고 10분 넘게, 그것도 잔뜩 신나서 고민하던 나는 그만 멘붕에 빠졌다. 그녀는 문방구에 들어와서 나갈 때까지의 모든 결정을 너무도 쉽고 편하게 내렸다. 거기엔 어떤 고민도, 어떤 주저함이나 망설임도 전혀 찾아볼 수 없었다. 어떻게 저게 가능한 거지. 나는 왜 저렇게 못 하는 거지. 이유는 하나였다. 돈. 그녀는 그 모든 것을 살 돈이 있었고, 나는 딱 스티커 한 장 살 돈밖에 없었다. 처음으로 조금 서러운 마음이 들었다. 어쩐지 조금 화도 났다.

전에는 느껴본 적 없는 낯선 부러움과 정체 모를 질투심이 불현듯 나를 사로잡았다.

한참을 우두커니 서 있던 나는, 은비가 그려진 스티커 두 장을 조심스레 집어 들었다. 그랬다. 두 장이었다. 그사이 돈이 더 생긴 것도 아닌데……. 그리고 언젠가 친구들에게 들었던 수법을 떠올리며 스티커 두 장을 반듯하게 겹쳐 꾹 누르기 시작했다. 꼭 한 장처럼 보이도록. 그러고는 터질 듯한 심장을 부여잡고 천천히 계산대로 향했다. 그런데 그날따라 아저씨는 바로 계산을 해주지 않고 나를 지그시 바라보기만 하셨다. 그리고 이내 "그거 한 장?" 하고 새삼 되묻기까지 하셨다. 등줄기가 뻣뻣하게 굳어지는 느낌이 들었다. 그사이 모서리 부분이 떨어진 스티커는 은근슬쩍 다시 두 장으로 되돌아가는 중이었고, 나는 이미 돌이킬 수 없는 후회와 자책에 속절없이 빠져들고 있었다. 무슨 말이라도 해야 하는데, 입이 바짝 말라 아무 말도 나오지 않았다. 그렇게 얼마만큼의 시간이 흘렀는지는 잘 모르겠다. 작게 고개를 끄덕이는 정도로 겨우 거짓말을 연장하긴 했는데, 이를 아저씨가 정말 봤을지도 의문이었다. 잠시 후 아저씨는 빙그레 웃으며 내가 내민 돈을 받아주셨다. 그리고 바짝 얼어 문방구를 나서는 내게 여느 때와 같은 온화한 미소를 보내며 다정한 배웅의 인사를 건네셨다. 결국 아무것도 탄로 나지 않았다. 하지만 나는 모든 속내를 들킨 사람처럼 허둥지둥 집으로 도망쳤다.

어쩌면 아저씨는 정말로 내 거짓말을 알아차리지 못하셨을지도 모른다. 충동적으로 도둑질을 저지른 나의 불안과 공포 때문에 평소와 똑같은 아저씨의 반응을 완전히 오해했던 걸지도. 하지만 내가 아저씨를 속이고 아저씨의 물건을 훔쳤다는 사실은 변함없는 진실이었다. 그것만으로도 이미 충분히 아프고 괴로웠다. 그런데 만에 하나 아저씨가 이 모든 상황을 보고, 알고도 눈감아 준 거라면……. 이루 말할 수 없는 깊은 부끄러움이 내 안에 가득 차올랐다. 내가 제일 믿고 따르던 어른을 크게 실망시켰다는 자책감에 마음이 완전히 무너져 내렸다.

한동안 나는 아담문방구에 다시 가지 못했다. 예전처럼 아저씨와 편안하게 웃으며 인사할 자신이 없었다. 은비가 그려진 예쁜 스티커도 서랍 깊숙이 파묻고 다시는 들여다보지 않았다. 차마 버릴 수 없었던 건, 그게 여전히 아저씨의 물건이란 생각 때문이었다.

이후 한참 시간이 흐르고 나서야, 나는 겨우 용기 내어 다시 아담문방구를 찾아가게 되었다. 그때도 아저씨는 주저

하며 눈치만 보던 나를 아주 반갑고 편안하게 맞아주셨다. 지나간 일은 이제 그만 잊으라는 듯. 앞으로 남은 시간들이 더 중요하다는 듯. 이후 나는 아무리 화가 나고 절박해져도 나 자신을 부끄럽게 만들 일은, 그래서 소중한 사람을 속상하게 만들 수도 있는 일은 절대 하지 말자고 다짐했다. 그리고 한편, 마음 깊이 안심하기도 했다. 어떤 실수와 잘못을 저질러도 다시 나를 예전처럼 믿어주고 늘 한결같은 시선으로 바라봐주는 어른이 내게도 있었으니깐.

이듬해 우리 집은 완전히 다른 지역으로 이사를 떠났다. 그렇게 아담문방구의 주인아저씨와도 아쉽게 작별하고 말았다. 한참 세월이 흘러 대학생이 되었을 때, 아담문방구가 있던 그 동네가 재개발을 앞두고 있다는 소식을 들었다. 그래도 유년을 통째로 보낸 곳인데 어쩐지 섭섭한 마음이 들어, 마지막 풍경을 담고자 카메라를 들고 10년 만에 고향을 찾았다.

워낙 대규모 아파트 단지라 늘 사람이 북적이는 정겨운 동네였는데, 이젠 빼곡히 주차된 차들만 가득해 좀 쓸쓸한 느낌이 들었다. 정말 재개발이 가까웠는지 이미 공실인 집이 많았고, 상가도 대부분 문을 닫고 일부 가게만 운영 중이라 전체적으로 다소 썰렁한 기운마저 감돌았다.

그런데 놀랍게도 아담문방구는 여전히 그 자리에서 문을 활짝 열고 운영 중이었다. 주인아저씨도 그 모습 그대로 거기에 계셨고. 나는 한참 동안 물건을 고르는 척하다 이내 더는 참지 못하고 아저씨께 다가갔다. 그리고 대뜸 혹시 나를 기억하시냐고 물었다. 10년 전까지 이 동네에 살았었다고. 그때 제일 좋아했던 문방구가 바로 아저씨의 문방구였다고, 뜬금없는 고백을 이어갔다. 아저씨는 희미하게 웃으며 고개를 갸우뚱했다. 하긴. 열 살 꼬마에서 훌쩍 뛰어넘어 스물두 살의 어른이 된 나를 알아보실 리가 있나. 그런데 그 순간, 아저씨가 말했다. "너 가은이 맞지? 정말 오랜만이다. 그동안 잘 지냈니?"라고. 언제나와 같았던 다정한 목소리로. 늘 한결같던 따뜻한 미소를 담아.

그날은 너무 기쁘고 들떠 아저씨와 함께 지난 세월을 추억하는 수다로 오후 시간을 다 보냈다. 나는 곧 다시 찾아뵙겠다는 약속을 하고 돌아섰지만, 이는 바쁜 일상 속에서 금세 잊히고 말았다. 그리고 얼마 지나지 않아 나의 고향과 아담문방구는 정말 추억 속에만 존재하는 곳이 되어버렸다. 아저씨를 다시 만나면 십수 년 전 그때 정말 죄송했다고, 하지만 아저씨 덕분에 진짜 부끄러움이 뭔지 아는 사람이 되었다고 꼭 감사 인사를 전하고 싶었는데.

지금도 종종 아담문방구 아저씨를 생각한다. 아이들을 만나는 일이 많아지면서부터는 더더욱 아저씨 생각이 많이 난다. 그 시절, 작고 연약한 어린 마음들이 다치지 않도록 늘 세심하게 배려하고 다정하게 격려해주던 아저씨의 따뜻한 눈빛과 미소가 여전히 눈에 선하다. 그때의 기억들이 다 자란 내게도 여전히 깊은 용기와 힘이 되어준다.

이젠 할아버지가 되셨겠지? 지금은 또 어떤 작은 동네에서 그때의 나와 같은 아이들을 바라보며 환하게 웃고 계실까.

보고 싶어요. 아담문방구 아저씨.

그런 취향 Part 2

가끔은 쓸데없는 짓을 하며 기분을 푼다. 나만의 이상한 리스트를 만들어보는 것도 그중 하나다. 좋아하는 작품들을 특정 주제로 분류해 남다른 목록을 만들어본다. 주제는 다양하다. 오직 의상과 헤어 메이크업 보는 재미로 감상하는 작품들(보는 내내 인터넷 쇼핑을 동반하는 부작용이 있다). 대체 불가하게 웃긴 몇몇 장면들 때문에 끔찍한 단점을 눈감게 되는 작품들(내가 실은 얼마나 단순하고 저렴한 인간인지 확인하는 순간). 분노가 폭발할 때 보면 울분이 해소되고 마음이 진정되는 작품들(일단 눈에 보이는 건 다 죽이면서 진행되면 반쯤 합격이다). 만들려면 수십, 수백 개도 만들 수 있다.

잠시 기분 전환용으로 끄적거리기 시작했다가 때론 몇 시간씩 붙잡고 흥분할 때도 있다. 그러다 이미 서른여섯 번쯤 본 작품을 서른일곱 번째로 보며 하루를 날려먹을 때도 있고. 나름 시간과 공을 들여 사뭇 진지한 리스트를 만들기도 하는데, 역시 누구에게도 공개하지는 않는다. 오직 나만 보고 나만 즐거워한다. 그냥 혼자 펼치고 혼자 즐기는 '나 홀로 앙케트 쇼'랄까. 설명하면 할수록 참 하찮고 괴상한 짓인데, 이상하게도 내겐 이만한 속풀이가 없다.

나는 좋아하는 걸 말할 때도 눈치를 많이 보는 편이다. 내가 좋아하는 걸 상대는 좋아하지 않을까 봐. 무엇이 좋다고 말하면 나를 그런 것만 좋아하는 사람으로 여길까 봐. 지금은 좋아하지만 나중에 마음이 완전히 바뀔까 봐. 별별 창의적인 걱정을 다 하느라 다소 뾰족하거나 거친 것들은 뒤에 숨기고, 뭉툭하거나 부드러운 것부터 소개할 때가 많다. 물론 좋아하는 걸 좋아하지 않는다고, 좋아하지 않는 걸 좋아한다고 거짓말하진 않는다. 그렇게 좋아하는 것들에 대한 의리와 예의는 확실히 지킨다. 하지만 역시 개운하지 않은 기분이 드는 건 사실이다.

가끔은 좋아하는 마음을 말하는 게 뭐 대수라고 그렇게 복잡해지나 싶기도 하다. 계속 입을 다물고 있다가 진짜 좋아했던 게 무엇인지, 아니 좋아하는 마음이 어떤 건지 영영 잊어버릴까 봐 겁이 나기도 한다. 어쩌면 나는 무언가를 좋아했던 기억과 감정을 더는 잊지 않기 위해 자꾸 나만의 리스트를 만드는지도 모르겠다. 어쨌든 뭔가를 좋아하는 경험은 늘 귀하고 특별한 거니까.

그래서 오늘도 리스트를 하나 만들어본다. 오늘 자 나만의 리스트 주제는 '좋아한다고 소리 내어 외친 적은 없지만 사실 많이 좋아했던 작품들'이다. 이렇게라도 언젠가의 나를 진심으로 위로하고 웃게 했던, 그리고 다양한 방식으로 힘을 주었던 여러 작품들에 대한 내 진심을 전해본다.

***

토미의 우표 여행 Tommy Tricker and the Stamp Traveller (1988)

어릴 때 TV에서 보고 앓듯이 좋아했던 영화. 나름 〈나홀로 집에〉나 〈애들이 줄었어요〉 유의 어린이가 주인공인 가족 모험 영화들이 쏟아지던 시절이었는데, 나는 별로 유명하지도 않았던 이 영화에 단단히 꽂혀버렸다. 당시 방영 제목은 〈환상의 우표 여행〉. 내용은 단순했다. 아이들이 비밀스러운 주문을 외워 우표 속에 몸을 숨기고 세계 방방곡곡을 누비고 다닌다는 이야기였다. 주문을 외우면 우표 속에 숨어들어 갈 만큼 몸이 작아진다는 설정이 너무 짜릿하고 신기해 볼 때마다 흥분했다(아이들은 우표 속 그림의 일부가 되지만 의식은 살아 있어 바깥세상을 관찰할 수 있었다). 한편, 나도 그렇게 우표 속으로 들어갔다가 영영 빠져나오지 못할까 봐 겁에 질려 밤새 악몽을 꾸기도 했다(실제 수십 년간 우표 속에 갇혀버린 아이가 등장하기도 했다). 영화가 재미와 설렘, 벅찬 감동을 전해주는 것 이상으로 때로는 심장 쫄깃한 불안과 공포를 선사하기도 한다는 걸 이 영화를 통해 처음으로 강렬하게 느꼈다.

파니 핑크 Keiner Liebt Mich (1994)

십대 시절 내내 푹 빠졌던 영화. 주인공 이름인 'Fanny Fink'로 생애 첫 이메일주소를 만들기도 했는데, 'Funny pink'를 잘못 쓴 것 아니냐는 오해를 종종 받았다. 지금에 와서 하는 고백이지만, 사실 그땐 이 영화에 면면히 흐르는 정서를 깊이 이해하지는 못했던 것 같다. 정말 이해했다면 그렇게 수없이 많이 반복해서 볼 수는 없었을 것이다. 이제 와 다시 보니 가슴 사무치도록 절절하게 아프고, 서럽고, 슬픈 영화다. 깊은 외로움을 느끼는, 사랑받고 싶은 사람들의 진심이 뼛속까지 전해지는. 그런데 솔직히 그땐 그런 내용에는 큰 관심이 없었다. 그냥 어린 마음에 여성 감독이 만든 유럽 영화라 왠지 멋져 보여 좋아하기 시작했다. 주인공인 마리아 슈라더도 너무 예뻤고. 한참 독특하고 몽환적인 스타일의 영화들을 쫓아다닐 때라 이 영화만의 신비롭고 묘한 분위기를 정말 좋아했다. 그리고 주제가나 다름없었던 에디트 피아프의 〈아니, 난 후회하지 않아 Non, Je Ne Regrette Rien〉. 그녀의 독특한 음색에 푹 빠져 난생처음 샹송 앨

범을 사다 듣기도 했다. 아무튼 감수성이 폭발하던 시절에 약간은 겉멋 들려 좋아했던 작품인데, 어쩌다 이렇게 멋진 작품에 꽂히게 된 건지. 정말 운이 좋았다.

시스터 액트 2 Sister Act 2: Back in the Habit (1993)

1편 아니고 2편 맞다. 중학생 때 처음 본 것 같은데, 아마 〈브링 잇 온〉과 더불어 지금껏 살면서 가장 많이 본 영화가 아닐까 싶다. "비디오테이프가 늘어날 정도로 봤다"는 말이 과장이 아니라 실제의 묘사였다는 걸, 바로 이 영화를 무한 반복해서 보다가 알아차리게 되었으니까. 당시 좋은 선생님을 만나 변화하는 날라리 청소년들의 성장담을 무척 좋아했는데, 거기에 춤과 노래까지 곁들여주니 나로선 열광하지 않을 이유가 없었다(같은 이유로 국내 영화 중엔 양윤호 감독, 차인표 주연의 98년작 〈짱〉을 자주 봤던 기억이……). 어쩌면 영화 자체보다는 그 안에 나오는 노래와 퍼포먼스를 더 좋아했던 건지도 모르겠다. 사운드트랙을 사서 질리도록 들었고, 나중엔 출연한 배우들이 낸 솔로 앨범들도 족족 사서 들으며 흥분했으니까. 특히 극중 '리타'로 나왔던 로린 힐을 정말 좋아했다. 그녀가 그룹 활동을 마치고 솔로로 발매한 첫 번째 (이자 현재까진 마지막) 앨범이 빌보드차트에서 1위를 하고 그래미상까지 거머쥐는 모든 여정을 지켜보며, 마치 내가 키운 아이돌이 정상에 오른 듯한 엄청난 자부심을 느끼기도 했다(물론 그녀는 나보다 한참 언니였고, 당연히 내가 주목하기 전부터 이미 훌륭한 가수였지만). 〈아메리칸 파이〉 같은 영화도 8편까지 나온 마당에, 부디 나 같은 팬을 위해 허접한 속편이라도 만들어준다면 소원이 없겠다. 오랜 친구처럼 늘 그리운 영화다.

패컬티 | The Faculty (1998)

하이틴, 미스터리, 호러, 괴수, SF 등 당시 유행하던 온갖 장르가 혼용된 괴상망측한 B급 영화. 젊고 과격한 에너지와 이상한 유머가 넘쳐나는 이 영화에 첫눈에 반해버렸다. 사실 이런 종류의 영화가 내 취향이라는 것도 이 작품을 통해 처음 깨달았던 것도 같고. 지금은 출연진 대부분이 유명 스타가 되었지만, 영화가 막 나왔을 땐 다들 커리어를 딱 시작하던 시기라 정보가 거의 없었다. 그래서 전화선에 연결된 인터넷으로 해외 팬들과 교류하며 덕질에 전념하다 전화비가 상상 초월로 많이 나와 집에서 쫓겨날 뻔했던 아련한 추억도 있다(엄마 미안). 지금 생각해보니 그냥 훈훈한 청춘 남녀가 잔뜩 나와서 좋아한 건지도 모르겠네. 가만. 지금 보니 각본이 케빈 윌리엄슨이다. 어라? 내가 이 이름을 어떻게 알지. 왜 이렇게 익숙하지……?

스크림 Scream (1996)

이 영화의 각본이 케빈 윌리엄슨이었다. 맙소사. 어쩐지 친숙하더라니. 한때 〈스크림〉 시리즈를 비롯한 슬래셔영화에 푹 빠져 팬페이지까지 만들어 활동하던 시절이 있었다. 고3 수험생 때 특히 열광적으로 좋아했는데, 솔직히 지금은 전혀 취향이 아니라 꼭 전생의 일처럼 느껴진다. 모르겠다. 입시 지옥을 통과하며 한껏 끓어오르던 분노와 절망을 풀어낼 창구가 절실했던 건가 싶기도 하고. 이제 와 곰곰이 생각해보면, 이 작품의 메타픽션적인 태도에 큰 재미를 느낀 것도 같다. 이후 이 영화를 대놓고 표방했던 〈무서운 영화〉 같은 패러디영화들도 꽤 즐겨 봤던 걸 보면. 자기 장르를 스스로 비틀고 꼬집고 놀려대는 대담함과 유쾌함은 지금 생각해도 너무 멋지다. 그래서 오랜만에 다시 보고 싶긴 하나……

그 수많은 칼질을 견뎌내기에 이제 내 심장은 너무 연약해졌다. 아! 재밌는 대사가 많아 반복해서 보다가 영어가 부쩍 늘기도 했다. 역시. 좋아하는 마음은 변해도 진심을 다했던 덕질은 늘 뭔가를 남긴다.

써티 락 30 Rock (2006~2013)

메타픽션을 말하는 데 이 작품 이야기를 안 할 수가 없네. 보통 드라마는 내용도 복잡하고 분량도 많아 본 걸 또 보는 경우가 극히 드문데, 이 작품은 새로운 시즌이 시작할 때마다 첫 시즌부터 다시 보기를 수없이 반복했다. 보고 또 봐도 처음 보는 것처럼 재밌는 드라마는 내게 이 작품이 유일했고, 그래서 시즌 7로 종료한다는 소식을 들었을 땐 정말 세상이 끝난 듯한 절망감에 사로잡혔다. 할 수만 있다면 티나 페이〈써티 락〉의 제작자이자 주연를 지하 벙커에 가두고 작품을 계속 만들어내라고, 아니면 당신 앞에 트럼프가 헛짓거리하는 영상을 영원히 틀어놓겠다고 협박하고 싶은 심정이었다(그러고 보니 그녀는 이후 사이비 교주에 의해 벙커에 감금되었다가 구출된 주인공이 나오는 넷플릭스 드라마 〈언브레이커블 키미슈미트Unbreakable Kimmy Schmidt〉를 제작했다). 사실 아주 오랫동안 내 롤모델은 티나 페이였다. 이십대 시절, 우연히 〈새터데이 나이트 라이브SNL〉의 팬이 되어 매주 챙겨 보기 시작했는데, 그때가 마침 티나 페이가 여성 최초로 쇼의 수석 작가로 맹렬히 활동하던 시기였다. 나는 지적이고 웃기고 신랄한 동시에 따뜻한 그녀에게 완전히 반해버렸고, 이후 그녀가 쓰거나 연출하거나 제작한 모든 작품을 샅샅이 뒤지며 본격 덕질을 시작했다. 특히 그녀의 SNL 시절을 고스란히 녹여낸 〈써티 락〉은 극 전체에 메타픽션적인 유머가 가득해 취향 저격을 아주 제대로 당했다. 물론 촘촘하게 만들어진 정교한 대본과 훌륭한 배우들의 미친 앙상블 연기도 한몫했지만. 보면 볼수록 놀랍도록 균형이 잘 잡힌 작품이었다. 정신없이 웃기는 슬랩스틱 장면 안에도 날카로운 풍자의 시선이 살아 있었고, 확실한 거리두기를 하면서도 끝내 다정한 시선을 잃지 않았다. 사실 〈써티 락〉 이후에도 취향에 맞는 좋은 시트콤을 많이 만나긴 했다. 〈커뮤니티Community〉(「페인트볼」 에피소드를 넘어서는 강력한 코미디는 아직 세상에 나오지 않았다)나 〈팍스 앤 레크리에이션Parks and Recreation〉(에이미 폴러〈팍스 앤 레크리에이션〉의 제작자이자 주연는 티나 페이, 마야 루돌프, 크리스틴 위그 등과 함께 영원히 무병장수하시고 부귀영화만 누리시길), 혹은 〈굿 플레이스The Good Place〉(마이클 슈어〈굿 플레이스〉의 연출자 당신 정말 천국 갈 거야)나 〈브룩클린 나인나인Brooklyn Nine-Nine〉(아직 시즌이 계속되는 나의 유일한 동아줄……) 같은. 그래도 첫사랑이나 다름없는 〈써티 락〉은 영원히 내 궁극의 드라마로 남을 것이다. 리즈 레몬 포에버!

섹스 앤 더 시티|Sex and the City (1998~2004)

궁극의 드라마를 말할 때 빼놓을 수 없는 또 하나의 작품. 옷과 헤어 메이크업 보는 재미로 감상하는 작품 리스트의 영원한 부동의 1위이기도 하다. 솔직히 이 드라마가 끼친 영향 중 해악에 가까운 것도 없진 않다. 이 작품 때문에 한동안 연애가 삶의 필수 불가결의 요소인 줄 알았으니까. 하지만 그녀들 덕분에 나 자신을, 내 관계를, 내 인생을 새로운 시선으로 바라보고 솔직하게 대면할 수 있게 된 것에 대해선 여전히 깊이 감사하는 마음뿐이다. 제일 좋아하는 에피소드는 시즌 4의 두 번째 에피소드인 「진정한 나The Real me」. 나 자신이 더없이 한심하고 창피해서 못 견딜 것 같은 날에는 그 에피

소드를 다시 찾아본다. 그러면 넘어져 주춤하던 나를
다독이고 응원하게 된다. 다시 일어나서 걸어갈 새로운
용기가 생긴다. 물론 내 생애 그렇게 생긴 옷을(그건 아
무리 봐도 그냥 팬티다) 입고 걸을 일은 절대 없겠지만.

로스트 Lost (2004~2010)

2004년으로 시간을 되돌릴 수 있다면 절대 이 드라마
를 시작하지 않을 것이다. 애초에 이 드라마에 빠지지
말았어야 한다. 그래서 매회 넘치는 떡밥들을 열심히
주워 먹는 재미를 전혀 모른 채 살았어야 했다. 그랬다
면 방구석에 앉아 무수히 많은 드라마를 다 챙겨볼 시
간에 밖에 나가 좋은 영화도 많이 보고, 좋은 책도 많이
읽고, 좋은 사람도 많이 만났을 것이다. 그렇게 좋은 일
들을 많이 해서 좋은 감독이 되고 좋은 작품도 많이 만
들었을 것이다. 나는 〈로스트〉 때문에 '여태까지 그래
와꼬 아패로도 개속' 인기 시리즈물은 다 봐야 직성이
풀리는 드라마 폐인이 되어버렸다. 2004년을 다시 살
수 있는 기회가 주어지면 얼마나 좋을까. 망할 쌍제이.
내 인생 돌려놔.

도니 다코 Donnie Darko (2001)

이 작품이 나의 이상향이던 시절이 있었다. 꽤 오랫동안 이렇게 천재적이고 매혹적인 데뷔작을 만들고 싶었다. 그런데 정작 줄거리는 완벽하게 이해하지 못했다. 지금도 그렇다. 몇 번이고 다시 봐도 잘 모르겠다. 그저 영화가 계속 이렇게 읊조리는 느낌이다. "소년이…… 정신분열인가…… 몽유병에 걸린…… 괴물 토끼가 바로…… 멸망할 듯한…… 예언이라는…… 시간 여행을 통해…… 희생하며…… 구원하기를……." 휴. 그러니까 니 말은 '신경쇠약을 겪던 조용한 소년이 자신을 희생해 세계를 구원하는 이야기'라는 거지? 아닌가……? 솔직히 감독도 세세한 줄거리는 정확하게 설명하지 못할 거라는 데 내 절절했던 팬심을 건다. 그런데 뭐. 줄거리를 꼼꼼히 이해하는 게 중요한 작품 같지는 않다. 독특하고 기묘한 설정들이 서사 안에 꿈처럼 뒤섞여, 혼란스럽지만 아름답고 황폐하지만 경이로운 분위기를 만들어내는, 한 편의 멋진 악몽 같은 영화니까(이젠 내가 무슨 말을 하는 건지 모르겠다). 사운드트랙도 정말 훌륭했고. 어쨌든 여러모로 기이한 매력이 넘치는 영화인데, 이를 재미없고 지루하게 느끼는 사람도 있다는 것이 여전히 믿기지 않는다. 어떻게 그럴 수 있지? 제이크와 매기 질렌할인지, 일렌홀인지, 일렌헤일로인지, 일렌홀라헤이랄라라인지…… 아무튼 두 남매의 얼굴만 봐도 절대 지루할 수 없는 영화일 텐데?

아멜리에 Le Fabuleux Destin d'Amélie Poulain (2001)

역시 기묘하고 독특한 분위기지만 완전히 다른 온도와 색깔을 지닌 나의 또 다른 이상향. 감독 장피에르 죄네가 마크 카로와 함께하던 시절의 작품들도 좋아하긴 했지만, 냉소적이고 우울한 느낌이 강해 자주 손이 가진 않았다. 그래서 이전의 환상적인 분위기는 담되 차가운 느낌은 덜어낸 이 영화가 나왔을 때 얼마나 반가웠는지 모른다. 스무 살에 생애 첫 배낭여행으로 파리를 갔던 이유도, 이후 꽤 오랫동안 프랑스 유학을 꿈꿨던 이유도 다 이 영화 때문이었다. 언젠가 진짜 감독이 된다면 꼭 이런 느낌의 영화를 만들리라 결심했었는데, 어쩌다 정반대 스타일의 영화를 만들게 되었는지…… 인생 참 알다가도 모르겠다. 또 20년이 지나면 나는 어떤 작품을 만들고 있으려나. 뭐가 됐든 계속 만드는 삶을 살고 싶은데.

28주 후 28 Weeks Later (2007)

대니 보일 감독의 〈28일 후〉가 아니고 그 속편 맞다. 종일 고된 일에 시달렸을 때, 그래서 스트레스가 극에 달했을 때, 그래서 머리고 가슴이고 다 비우고 싶은데 도저히 비워지지 않을 때, 그래서 그냥 다 놓고 도망가고 싶을 때…… 그럴 때 바로 이 영화를 틀어 딱 오프닝만 본다. 그러면 머릿속이 텅 비어 더는 아무 생각도 나지 않는다. 그리고 내가 처한 사면초가의 상황들이 아주 나쁘지는 않게 느껴진다. 그렇게 조금은 가뿐한 마음이 된다. 사실 좀비물을 꽤 좋아해 나오는 족족 다 챙겨보는 편이다. 〈새벽의 황당한 저주〉나 〈좀비랜드〉 쪽이 좀 더 취향에 맞긴 하지만, 진짜 좀비를 느끼고 싶을 땐(?) 이 영화만한 게 없다. 아직 이 영화의 오프닝만큼 살 떨리게 무서운 좀비 습격 장면은 어디에서도 보지 못했다. 진짜 해도 해도 너무한다. 무조건 악몽 예약이다. 그래도 보고 나면 속이 후련해지고 정신도 바짝 차려져서 좋다. 그래서 참지 못하고 계속 보게 된다. 음. 그러고 보니 이 작품은 사실 '감상'하기보다는 환기를 위한 응급처치용으로 '사용'하는 것도 같네. 그저 이 영화가 필요한 상황이 자주 닥치지 않기만을 바랄 뿐이다.

내 여자친구의 결혼식Bridesmaids (2011)

다른 종류의 위기 상황에서 응급처치가 필요할 때 보는 영화. 내가 한없이 작고 초라해 보일 때, 너무 외롭고 쓸쓸한데 어찌할 도리가 없을 때 다정한 마음을 긴급 수혈하듯 본다. 여전히 내겐 이 작품이야말로 지상 최고의, 완벽에 가까운 코미디 영화다. 폴 페이그 감독의 모든 작품을 사랑하지만 이 작품만큼 나를 정신 나간 사람처럼 웃게 하는 작품은 아직 없다. 주인공 애니가 술에 잔뜩 취해 비행기 안에서 난동을 부리는 장면은 내 영원한 웃음 지뢰. 이 영화야말로 속편이, 속편의 속편이 나와야만 한다. 영원히 끝나지 않는 시리즈가 되어야 한다. 인류의 행복과 지구의 평화를 위해.

가십 걸Gossip Girl (2007~2012)

망가진 최상류층의 이야기는 언제나 재밌다. 그것도 꿈의 도시 맨해튼 한복판에서 벌어지는, 누릴 거 다 누리고 사는 최고급 사립학교 학생들의 이야기라면 더더욱. 사실 드라마 〈베로니카 마스Veronica Mars〉의 오랜 팬으로 (도대체 내가 팬이 아닌 작품이 뭐냐. 진짜 망할 쌍제이!) 배우 크리스틴 벨이 나온다는 소식에 보기 시작한 작품이다. 전 시즌 내내 소문을 실어 나르는 가십 걸의 목소리로만 그녀를 만나게 될 줄은 꿈에도 몰랐지만. 그래도 상관없었다. 시즌 1의 첫 에피소드를 보자마자 이 하이틴-패션-막장 드라마와 전쟁 같은 사랑에 빠져버렸으니깐. 매 시즌 좋아하는 인물이 완전히 바뀌는 경험은 난생처음이었다. 물론 〈프렌즈〉와 〈그레이 아나토미〉를 볼 때도 다소 비슷한 경험을 하긴 했지만, 이렇게까지 극단적인 혼돈의 카오스는 앞으로 어디에서도 두 번 다시 경험할 수 없을 것 같았다. 드라마를 보게 한 원동력이자 워너비에 가까웠던 인물은 점점 엉덩이를 때려서라도 정신 차리게 하고 싶은 사고뭉치로 변해 혼란스러웠고(제발 작작 좀 해, 세레나), 치가 떨리도록 싫어 제발 하차했으면 좋겠다고 생각했던 인물은 점차 가장 격렬히 응원하는 매력덩어리로 바뀌어 당황스러웠다(척, 너 이 자식 진짜 행복해라). 심지어 지나치게 이기적이고 자기 멋대로에다 호감가는 행동은 하나도 하지 않는데, 그런 인간적이고 솔직한 모습을 사랑할 수밖에 없는 인물도 있었다(블레어, 그 구역의 미친년은 영원히 너일 거야). 모든 걸 다 가진 사람들의 은밀한 사생활을 들여다보는 재미, 그런 이들이 엉망진창으로 무너져 내릴 때의 묘한 쾌감과 카타르시스, 하지만 절대 완전한 지옥에는 떨어지지 않는 그들에 대한 이상한 안심과 질투……. 그 휘몰아치는 감정 대잔치에 초대받아 흥청망청하다 보면 순식간에 시간이 흘러 있곤 했다. 물론 옷 보는 재미도 쏠쏠했고. 최근 HBO Max에 리부트 버전이 공개되었다던데, 또 어떤 종횡무진의 이야기가 펼쳐질지 너무나 궁금하다. 하지만 세레나와 블레어 없는 〈가십 걸〉이 과연 가당키나 할까. 어쨌든 다시 만나는 날을 기다리고 있을게. XOXO.

3	오직 걷기 위해서

일요일의 청소 시간

일요일 아침엔 대청소를 한다. 주중과 주말의 경계가 희미한 직업이라 휴일의 의미가 사라진 지 오래인데. 집도 크지 않고 딱히 어지르지도 않아 한 번에 몰아 할 청소거리도 거의 없는데. 그런데도 일요일만 되면 집 안을 대대적으로 뒤집어 구석구석 청소를 한다. 그래야만 진짜 하루가 시작되는 기분이 들어 마음이 상쾌해진다.

　어쩌면 일요일의 마법인지도 모르겠다. 일요일 아침 특유의 느긋하고 다정한 공기를 한껏 들이마시면 어쩐지 그에 걸맞은 안온한 일상을 보내야만 할 것 같은 의무감에 사로잡히니까. 그러면 아무리 밀린 작업이 있어도, 급한 회의가 있어도 무조건, 어떻게든 청소를 해내야 한다. 그래야 안락한 기쁨과 평화 속에 나머지 (꼭 해야 할) 일들도 잘 마무리

할 수 있다.

　오늘은 일요일. 최대한 빨리 처리해야 할 일이 3.5개 정도 기다리고 있다. 하지만 일요일의 마법에 빠진 난 일단 이불 빨래부터 돌리고 본다……니. 감독이 되고부터 뻥만 늘었네.

　일요일은 무슨. 나는 그냥 청소를 좋아한다. 꼭 청소라고 특정할 수는 없지만 무엇이든 깨끗하고 반듯하게 하는 작업을 아주 좋아한다. 그래서 매일 자주 한다. 사실 지나치게 자주 해서 특단의 조치를 내렸다. 큰 청소는 (제발 좀) 일주일에 한 번만 몰아서 하자고. 그게 일요일이 되었다. 마법은 개뿔. 일요일의 한풀이다.

　나는 종종 심각할 정도로 청소에 몰두한다. 본가에서 독립하고 두 달은 종일 청소만 하고 살았을 정도다. 과장이 아니다. 그땐 정말 눈뜨고부터 잠들 때까지 집 안 곳곳을 때빼고 광내는 게 일이었다. 그래서 종종 크고 작은 사고도 쳤다. 기어코 설거지를 하고 나가는 바람에 중요한 약속에 늦는다든가, 갑자기 책장 정리에 꽂히는 바람에 더 중요한 약속에 더 많이 늦는다든가 하는. 책도 읽고 영화도 보고 시나리오도 써야 하는데, 젊은 날의 귀한 분초를 쓸데없는 일에 낭비하고 있다는 생각에 나 자신이 부끄럽고 한심하게 느껴지기도 했다. 그래서 나름 이를 악물고 청소를 끊으려는(?) 노력도 해봤다. 하지만 금단증상으로 더 큰 스트레스를 받아 결국 청소에 더 집착하는 부작용만 떠안고 말았다(억압된 것은 반드시 돌아온다. 더 강력하게……).

나는 그냥 중독자였다. 청소 중독. 그래도 술이나 약, 게임 등에 빠지는 것보다는 낫지 않냐고, 집도 깨끗해지고 오히려 좋은 것 아니냐고 묻는다면 물론 절대 그렇지 않다. 일상이 제대로 흘러가지 않는 건 피차 마찬가지니까. 그래서 당시 시나리오 각색 일로 거의 매일 보던 Y선배에게 이런 고민을 털어놓았는데, 선배는 의외로 내 이야기를 진지하게 들어주었다. 그러고는 이내 나만의 청소 루틴을 만들어보라는 놀라운 조언을 해주었다.

그랬다. 선배도 청소 중독자였다. 선배는 결혼하고 새집으로 이사한 뒤 기하급수적으로 늘어난 집안일에 압도당해 한동안 청소하고 빨래하고 정리하는 일에만 매진했었노라고 고백했다. 선배가? 영화가 아닌 다른 것에 꽂힌 적이 있다고? 믿을 수 없는 일이었다. 내가 아는 선배는 자나깨나 오직 영화만 바라보고 고민하는 영화바라기 감독이었다. 같이 일하면서 지켜본 그의 모습은 더 충격적이었다. 그는 아침 9시부터 밤 9시까지 이어진 시나리오 회의에서 언급된 모든 참고 작품을 밤새 전부 섭렵하고 다음 날 깔끔하게 정리해 오는 좀 미친 감독이었으니까…… 그런 선배가 당시엔 청소에만 꽂혀 하루 종일 쓸고 닦고 정리하는 일에만 몰두했다고 했다. 심지어 그렇게 몇 달이 훅 지나버렸다고. 그러던 어느 날, 선배는 불현듯 그간 단 한 번도 시나리오 생각을 하지 않았음을 깨닫고 큰 충격을 받았다고 했다. 그래서 그때부터는 나름의 청소 규칙을 만들어 열심히 지키는 중이라고 했다(하여튼 모든 일에 다 성실하다). 이를테면 세탁기는 매일 아침 한 번만 돌린다든가, 화장실 청소는 매주 토요일에 몰아서 한다든가 하는 식으로. 집에서 일하는 프리랜서들은 여러 가지 일들이 쉽게 뒤엉켜 엉망진창이 될 수 있으니 꼭 시간표를 만들어 우선순위를 지켜야 한다고 했다. 중독에서 멋지게 빠져나온 선배의 생생한 조언이 가슴에 깊이 사무쳤다.

그래서 나도 나만의 청소 규칙을 만들기로 했다. 아침엔 청소기만 가볍게 돌리기, 설거지는 모아두었다가 저녁에 한꺼번에 하기, 수건 빨래는 일주일에 한 번만 돌리기 등등. 화장실 청소나 이불 빨래, 창틀 닦기 같은 나름 굵직한 작업은 일요일 아침에 몰아서 하기로 결심했다. 사실 처음엔 눈앞에 빤히 보이는 청소거리를 모른 척 무시하는 게 쉽지 않아 포기할 위기도 몇 번 있었다(에잇 몰라, 그냥 오늘 하루 청소로 날려버릴 거야). 하지만 일요일의 청소 시간을 생각하면 숨통이 좀 트였고, 그래서 좀 더 버텨보면서 서서히 청소 중독에서 빠져나올 수 있었다(진정해, 곧 흥청망청 청소할 그날이 온다). 물론 스스로 정한 스케줄이었지만, 확실히 일요일은 왠지 모를 여유가 샘솟아 청소를 오래 해도 마음이 편했다. 덕분에 한층 당당하고 자유롭게, 그리고 마음껏 청소를 즐길 수 있게 되어 청소가 더 좋아졌다.

그런데 난 대체 왜 이렇게 청소를 좋아하는 걸까. 단지 '깔끔한 걸 보면 기분이 조크든요' 이상의 어떤 깊은 마음이 작동하는 건 아닐까. 혼자 곰곰이 따져보다, 어쩌면 나의 겁 많은 천성이 이런 기이한 애정을 불러일으켰는지도 모르겠다는 생각이 들었다(청소를 넘어 청소에 대한 생각도 너무 많이 하는 것 같은데……). 어쩌면 나에게 청소는 모르는 대상을 마주할 때 싹트는 불안이나 걱정을 처리하는 나름의 긴장 해소법인지도 모르겠다. 내가 상대하는 게 과연 무엇인지, 어떤 상태인지를 정확히 알고 나면 더는 초조하거나 두려워하지 않아도 되니까. 그러면 뭐든 안심하고 즐길 수 있게 되니까. 어지럽고 지저분한 것들이 정돈되고 깨끗해질 때 온몸의 근육이 부드러워지고 마음에 안도가 스며드는 건 모두 그런 이유 때문이 아닐까.

결국 청소는 어떤 '앎의 과정'이 아닐까. 청소야말로 불안과 공포에 지지 않으려는 영혼의 강력한 의지 표명이자, 진정한 평화에 도달하고자 배움을 놓지 않는 용감한 진리 탐구의 여정이 아닐까…… 하는 장광설을 늘어놨더니 Y선배는 놀고 있다고 했다. 그냥 시나리오 쓰기 싫어서 도피한 거라고, 제발 정신 좀 차리라며 웃어댔다. 흥, 선배는 감독이 되고부터 냉소만 늘었군. 그래. 실컷 비웃으라지. 아무리 그래도 청소에 대한 나의 지극한 사랑과 지독한 탐구는 절대 멈추지 않을 테니까.

그래도 이제는 청소를 향한 애정을 고백하며 갖가지 정보를 나눌 수 있는 친구들이 제법 생겼다. 가장 믿는 동료이자 절친한 친구인 슬기는 고무장갑을 끼고 뜨거운 물로 설거지를 하면 그릇도 마음도 얼마나 뽀드득하게 상쾌해지는지 알려주었고, 편집감독 세영이는 옷 먼지를 제거할 때 쓰던 테이프클리너를 책상에 두면 별별 부스러기들에 손쉽게 대처할 수 있음을 몸소 보여주었다. 그런데 내 주변에 청소를 좋아하는 이들은 왜 하나같이 영화인들뿐일까. 집에서 보내는 시간이 많아서 그런가. 아니면 다들 일이 버거워 자꾸 도망치고 싶은 건가. 이도 저도 아니라면, 애초에 우리가 뭐든 중독이 잘 되는 사람인지도 모르지. 영화에 빠져 헤어나오지 못하듯이, 청소에도 속수무책 빠져들어 영영 헤어나오지 못하겠지…….

어릴 땐 집에 청소를 좋아하는 사람이 나뿐이라 좀 외롭기도 했다. 여덟 살 무렵의 어느 날, 어린 동생을 살살 꼬셔 같이 온 집 안을 깨끗이 청소한 적이 있다. 손이 닿는 곳은 모두 물걸레로 구석구석 닦아 반짝반짝 빛을 내났는데 얼마나 신나고 뿌듯했는지 모른다. 그런데 퇴근하고 들어온 엄마한테 칭찬은커녕 야단만 잔뜩 맞았다. 엄마는 왜 시키지도 않은 일을 하느냐, 앞으로는 절대 너희들끼리 청소하지 말라고 새끼손가락까지 걸게 했다. 그때 엄마의 울컥하던 표정이 아직도 뇌리에 선명하게 남아 있다. 하긴, 어린 아이들이 고사리손으로 온갖 집안일을 다 해냈으니, 안쓰럽고 속상했을 엄마의 마음이야 지금은 십분 이해할 수 있지만…… 하지만 엄마. 세상엔 이 지경으로 청소에 진심인 사람들도 분명 존재한답니다. 청소가 정말로 재미있고, 그래서 하고 싶고, 심지어 잘하는 아이들도 있다는 것을 부디 이

제라도 알아주세요! 그때 혼난 일이 트라우마로 남아 유일
하게 걸레질만은 싫어하는 청소인이 돼버린 슬픈 진실까지
도…….

마트에 가고 싶어요

"마트요. 언젠가 꼭 다시 마트에 가고 싶어요……."

초등학교 4학년 어린이가 조심스레 꺼낸 이야기에 그만 말문이 막혀버렸다. 단편 다큐멘터리 작업을 위해 팬데믹 시대를 맞이한 어린이들의 심경을 인터뷰하던 중이었다. 질문은 간단했다. 코로나바이러스가 유행한 뒤 전과는 달리 쉽게 갈 수 없게 된 곳이 있는지, 그곳을 떠올리면 기분이 어떤지, 다시 가게 된다면 그곳에서 뭘 하고 싶은지. 비대면 시대답게 화상으로 인터뷰를 진행해 버퍼링이 끊이지 않았지만, 어린이의 진지하고 간절한 눈빛만큼은 화면을 그대로 투과해 내게 닿았다.

아직도 그 어린이의 표정이 잊히지 않는다. 한참을 열심히 이야기하던 말간 얼굴에 '이렇게 아무것도 아닌 걸 소망해도 될까' 하는 의아함이 스쳤던 순간도 여전히 생생하다. 자신도 몰랐던 소박한 진심을 털어놓은 어린이는 그런 스스로에게 많이 놀란 듯 보였다. 놀랄 만했다. 마트라니. 물론 위험하다고 학교도 자주 못 가는 마당이지만, 아무리 그래도 고작 마트라니. 마트에 가서 시식용 동그랑땡도 먹고 새로 나온 게임도 구경하고 카트를 끌며 여기저기 돌아다니는 게 유일한 바람이라니…….

본의 아니게 어린이를 당황하게 한 것 같아 많이 미안했다. 그리고 그제야 비로소 정확히 알게 되었다. 팬데믹이 도래한 뒤 보통의 어린이들이 얼마나 평범하고 일상적인 공간을 잃어버린 건지. 얼마나 흔하고 당연한 순간들을 고스란히 빼앗긴 건지.

기가 막혔다. 온종일 집에 갇힌 어린이들은 마트에 갔던 일상을 전생처럼 되짚어보며 놀라고 있는데, 어른들은 여전히 먹고 싶은 거 다 먹고 보고 싶은 거 다 보면서 아무 데나 아무렇게 잘도 돌아다녔다. 그러다 바이러스의 확산세가 높아지면 애꿎은 어린이들만 다시 손발이 묶였고. 결국 피해 보는 건 늘 어린이들뿐이었다. 항상 그랬어. 대체 어린이들이 무슨 죄야. 진짜 문제는 다 어른들이 저지르면서. 어른들 다 나빠. 다 사과해. 지금 이 순간, 마트를 그리워하며 애태울 전국의 어린이들에게 다들 무릎 꿇고 사과하라고!

아닌 게 아니라 나야말로 정말 마트에 가고 싶었다. 마트뿐 아니라 백화점이, 대형 쇼핑몰이, 물건을 사고파는 그 모든 커다란 공간들이 너무도 그리웠다. 종일 사람 많은 곳에 파묻혀 다양한 것들을 보고, 듣고, 만져보고 싶은 욕구가 하루에도 열두 번은 솟구쳤다. 그 어린이의 절실한 소원이 꼭 내 소원 같았다. 사과는 내가 받고 싶었다.

코로나 시대가 도래한 뒤, 나는 모든 장보기를 온라인으로 대체했다. 늘 가까운 시장이나 마트에 직접 가서 장을 보던 내게 온라인 장터는 가히 신세계였다. 작은 핸드폰을 통해 대형마트의 온갖 물건들을 끝도 없이 구경하고 다음 날 약속된 시간에 바로 전달받는 경험은, 정말 해도 해도 놀랍고 신기한 경험이었다. 그렇게 1년간 온라인 마트를 집 앞 편의점처럼 애용했다. 덕분에 전엔 모르던 물건들도 많이 알게 되었고, 훨씬 알뜰하고 합리적인 소비를 하는 측면도 생겨났다. 그럼에도 불구하고 여전히 충족되지 않는 무언가가 있었다. 어쩐지 가장 중요한 걸 놓치고 있는 기분도 들었다. 분명 전보다 훨씬 편리하고 쉽고 빠르게 다양한 물건을 구매하고 있는데 어쩐지 모두 진짜가 아닌 느낌…….
나는 진짜가 그리웠다. 뭐든 손수 해보는 진짜 경험이 절실
했다. 직접 구경하는 것. 직접 물건을 만져보고 살지 말지
고민하는 것. 직접 장바구니를 채우고, 계산하고, 양손 가득
들고 나오는 것. 그 모든 직접 경험이 가능한 그곳에 진짜로
가고 싶었다.

어쩌면 내가 정말로 원한 건 단순히 특정 물건들이 아
니라 그 물건들이 놓인, 그래서 사람들이 모이고, 각종 경
험을 직접 해볼 수 있는 공간 자체일지도 모르겠다는 생각
이 들었다. 그런 곳 특유의 생생한 활기와 넘치는 에너지를
다시 온전히 느끼고 싶었다. 그 들썩들썩한 분위기와 따뜻
한 조명과 온도, 습도…… 같은 것들이 나는 못 견디게 그
리웠다.

그런 마음을 솔직하게 인정하고 나니, 이번엔 또 자책
감이 몰려왔다. 제정신이니. 어떻게 그런 곳을 그리워할 수
있니. 골목상권과 소상공인을 위협하고 교통체증을 유발
하며 무분별한 소비문화를 부추기는 곳을. 그런 자본주의
의 지옥이 어떻게 그리울 수 있는 거니. 정말이지 나란 사
람…… 대체 뭐가 어디서부터 어떻게 잘못된 거니…….

문득 옛 기억이 하나 떠올랐다. 어릴 적, 동네에서 좀 먼 곳의 교회에 가족이 함께 다녔는데, 예배가 끝나면 늘 근처의 작은 백화점에서 시간을 보내곤 했다. 인터뷰했던 어린이처럼 가족이 오순도순 장을 보며 친목을 다지는 이벤트는 아니었다. 우리 가족은 각자의 용무에 따라 제각각 움직이는, 보다 독립적인 스타일이었다. 아빠는 일을 보러 나갔고, 엄마는 장을 보러 갔고, 그사이 나와 남동생은 장난감과 문구류 등이 모여 있는 일종의 어린이 코너에 맡겨져(?) 각자 원하는 것을 구경하며 놀았다. 부모님이 일정을 마치고 돌아와 다시 우리를 수거해갈 때까지 완전한 자유 시간을 보냈다.

매주 일요일 점심, 동생과 백화점에 덩그러니 남겨지는 그 시간을 손꼽아 기다렸다. 거기 가면 늘 새로 나온 인형이나 관련 세트들을 오래도록 살펴볼 수 있었고, 48색을 넘어가는 크레파스와 물감, 수입산 파스텔도 가까이에서 들여다볼 수 있었다. 분양을 기다리는 손바닥만 한 강아지들을 구경하다 지치면, 마돈나의 공연이 끝없이 흘러나오는 TV 앞 소파에 앉아 잠시 쉴 수도 있었다. 다리가 떨릴 정도로 오래 서서 책을 봐도 누구도 쫓아내지 않는 곳. 차례만 잘 지킨다면 새로 나온 게임도 맘껏 해볼 수 있는 곳. 뭐든 내 것이 아니지만 내 것처럼 느껴볼 수 있는 곳이 내겐 백화점이었다. 사러 가는 곳이 아니었다. 잠시 살다 가는 곳이었다.

그런데 하고많은 곳들 중 왜 하필 백화점이었을까. 아이들을 잠깐 놀게 할 장소라면, 뭐 놀이공원까지는 아니더라도 트램펄린장에 간다거나, 혹은 그냥 근처 놀이터에 풀어놓을 수도 있었을 텐데. 시간이 지나 엄마한테 물어보니 단순한 대답이 돌아왔다. "돈 안 들이고 안전하게 놀 수 있는 데니까. 새로운 것도 많아서 가도 가도 안 질리고. 재밌잖아. 너도 재밌지 않았어?"

재밌었어요, 엄마. 정말 재밌었어. 덕분에 그때부터 지금까지 이렇게 절절한 사랑에 빠져 있잖아. 고작 1년 만에 상사병이 날 정도로. 가만. 그러고 보니 엄마는 백화점이 물건을 '사는' 곳이라는 설명을 제대로 해준 적이 없었다. 늘 '놀러 가자'고만 했을 뿐. 그래서 나도 뭔가를 사달라고 조르거나 애초에 사고 싶다고 느낀 적이 없었던 거구나. 뭐야. 결국 다 돈이 없어서 가능한 놀이고 환상이었네…….

잠깐. 그러니까 그 말은 결국, 제일 자본주의적인 공간에서 자본 하나 없이, 하지만 충분히 즐겁고 만족스러운 시간을 보냈다는 거잖아. 아니 내가 그렇게 혁명적이고 급진적인 어린이였다니. 그렇게나 전복적인 놀이를 즐기며 지금까지도 쉼 없이 발전시켜왔다니. 정말이지 나란 사람, 대체 언제부터 이렇게 훌륭하게 큰 거니……?

어쨌든 요즘은 정말 마트가 그립다. 백화점도, 쇼핑몰도, 물건과 사람이 끝없이 오가는 모든 곳들이 다 그립다. 쓰다 보니 더 사무치게 그립다. 그래서 펜데믹과 자본주의와 소비문화와 돈과 욕망과 현대인의 삶에 대한 철학적 사유를 할 시간에, 이준익 감독님의 〈키드캅〉을 다시 보기로 결심했다. 친구들과 백화점에 하룻밤 갇혀 온갖 모험을 하는 이야기는 비단 어린이들에게만 짜릿하고 신나는 상상은 아닐 테니까.

✎_이 글은 2021년 1월, 코로나바이러스의 재확산으로 방역 지침이 최고 단계로 격상했던 시기에 쓴 글이다. 팬데믹을 겪는 1년 동안 모두와 같이 나도 많이 지쳐갔는데, 어린이들을 인터뷰하면서 다시 정신이 번쩍 들었다. 어린이들이 그리워하는 곳들은 모두 너무 가깝고, 흔하고, 평범한 장소들이었다. 어린이들은 마트를 비롯해 놀이터에, 집 앞 공원에, 도서관에, 학교에 다시 가고 싶다고 했다. 친구와 인형 놀이를 하고, 자전거를 타고, 책을 마음껏 꺼내 읽고, 선생님의 얼굴을 직접 보면서

수업을 듣고 싶다고 했다. 이렇게나 당연하고 흔한 일상을 잃어버리고도 여전히 좋은 미래를 꿈꾸는 어린이들의 이야기를 들으며, 이제 그만 징징거리고 어른으로서 해나가야 할 것들을 차분히 잘 해나가자고 다짐했었다. 그리고 그로부터 다시 1년을 지나왔다. 그때 만났던 어린이들은 과연 그들의 평범하지만 간절했던 소원을 조금이라도 이루었을지 궁금하다. 그들이 다시 당연하게 학교에 가고, 익숙하게 놀이터에서 놀고, 즐겁게 마트 안을 휘젓고 다니는 날이 하루 빨리 오기만을 간절히 바란다.

난 슬플 때 별자리를 봐

동짓날에는 액운을 쫓고 무사안일을 빌기 위해 팥죽을 먹는
다고 들었다. 들었지만 매년 모른 척 그냥 지나왔다. 먹고살
기도 정신없는데 뭐 한다고 세시풍속까지 챙기고 있나 싶었
다. 물론 팥에 열광하는 입맛이었다면 상황은 조금 달라졌
겠지만.

　　그래도 몇 년 전부터는 나름 생크림단팥빵이나 앙버터
빵 정도로는 동짓날을 챙기기 시작했다. 빵을 그렇게 좋아
하면서도 팥이 들어간 빵은 절대 먹지 않았던 걸 생각하면
나름 대단한 결심이었다. 삶에서 쫓아낼 것과 빌 것들이 점
점 늘고 있다는 증거였다. 의지나 능력만으론 절대 해결할
수 없는 일들이 있다는 걸 뼈저리게 깨달은 결과이기도 했
고. 어쨌든 팥은 팥이니까 효력은 대충 비슷하지 않을까 생

각했다. 생각하면서도 여전히 팥은 내 취향이 아니어서 여간 곤혹스러운 게 아니었다. 그럼에도 불구하고, 팥앙금을 씹고 또 씹어 죽을 만든 뒤 숨도 안 쉬고 꿀꺽 삼켰다. 이 정도면 노력이 가상해서라도 천지신명이 보우하시리라 애써 믿었다.

하지만 오늘은 작정하고 제대로 된 동지팥죽을 사 먹었다. 새알심이 두둑이 들어간 따뜻한 팥죽에 시원한 동치미까지 곁들여 뚝딱 한 끼를 해치웠다. 그러면서 올해의 아픈 기억은 떠나보내고 다가올 밝은 미래를 그려보는 시간을 가졌다. 난생처음 치러보는 동짓날 의식이었다. 물론 팥은 여전히 내 스타일이 아니었지만, 이제 그마저도 어떤 필연적이고 필수적인 요소처럼 느껴졌다. 그렇듯 감내하며 내 것이 아닌 걸 품는 험난한 관문을 통과해야 비로소 복다운 복을 받는 게 아닐까 생각했다.

거참. 팥죽 한 그릇에 별 의미 부여를 다 하고 앉았네.

그래, 별. 사실 이건 다 별 때문이다.

오늘 저녁, 그러니까 12월 21일 동짓날 오후 6시 이후에 남서쪽 하늘에 굉장한 광경이 펼쳐질 거라는 뉴스를 들었다. 각자의 궤도를 돌던 목성과 토성이 나란히 정렬해 마치 하나의 별로 보일 만큼 가까워지는 이른바 '대근접Great Conjunction' 우주 쇼가 펼쳐진다는 소식이었다. 사실 1623년에도 비슷한 현상이 있었지만 태양과 가까워 볼 수 없었고, 이번처럼 관측이 가능한 건 1226년 이후 처음, 그러니까 무려 약 800년 만에 일어나는 특별한 사건이라고 했다. 예수 탄생 당시 동방박사들의 길잡이가 되어준 '베들레헴의 별'이 바로 이 '대근접' 현상이라는 주장도 있었다. 그런데 이런 엄청난 일이 바로 오늘, 그것도 물병자리에서 일어난다고 했다. 점성학에 따르면, 이 사건을 통해 땅의 시대에서 바람의 시대로 전환되어 본격 '물병자리의 시대'가 도래할 예정이었다. 이런 역사적인 대변혁의 날, 확실한 면액과 기복의 기회를 어찌 그냥 지나칠 수 있겠는가. 어찌 이 정도의 호들갑도 없이 이런 대대적인 사건을 맞이할 수 있겠는가. 다른 누구도 아닌 내가. 너무도 물병자리인 내가 말이다.

그래, 별자리. 아니 별자리 운세. 결국 이건 다 별자리 운세 때문이다.

어젯밤, 잠자리에 누워 꼼지락거리다 문득 연초에 나온 올해의 물병자리 총운을 다시 찾아 보았다. 사실 1년짜리 총운은 초반엔 마치 외울 듯 열심히 보다가도 곧 존재 자체를 잊어버렸다. 길기도 길거니와, 다달이 나오는 새로운 운세를 확인할 여유도 없는 정신없는 일상이 곧바로 이어졌기 때문이다. 그러다 연말이 되면 그제야 좀 느긋해져 괜히 지나온 총운을 다시 들춰보고는 했는데, 그때마다 늘 연초에 예고된 운세를 고스란히 살아왔음을 발견하고 소스라치게 놀라기 일쑤였다. 역시 별자리 운세는 정확했다.

하지만 올해는 좀 다를 거라고 생각했다. 지구엔 역병이 도래했고 내겐 번아웃이 찾아왔으니까. 나름 이런저런 새로운 작업들을 시도했지만 대부분 진척이 더뎠고, 자꾸 바뀌는 상황 속에서 나도 같이 자주 헤맸다. 결국 모든 계획이 틀어졌고, 어떤 목표에도 도달하지 못했다. 그렇게 아무 일도 일어나지 않은 한 해가 조용히 막을 내리고 있었다. 그러니 어떤 운세도 이런 무無의 한 해를 예측했을 리 없다고 생각했다. 이제 별자리 운세도 더는 내 편이 아니라는 사실을 받아들여야 할 때가 온 것 같았다. 그런데 웬걸. 월별로 정리된 운세가 마치 내가 쓴 일기 같아 읽는 내내 소름이 돋았다. 분명 중구난방 헤매기만 하고, 어떤 배움도, 성과도 없는 한 해라고 생각했는데 전혀 그렇지 않았다. 물병자리의 시선으로 다시 천천히 구석구석 돌아보니, 실은 헤맸기 때문에 새롭게 발견한 것들이 많았고, 그래서 전과는 다른 차원의 도전과 성장의 순간들이 있는 한 해였다. 그럼 그렇지. 역시 별자리 운세는 내 운명을 정확히 알고 있었다. 어떤 상황에서도 믿고 의지할 수 있는 건 역시 별자리 운세뿐이었다.

그렇다. 나는 별자리 운세에 꽤 진지하다. 꿈은 너무 멀고 사랑은 계속 아픈데, 나는 내 마음조차 모르겠어 끝도 없이 방황하던 시절에 별자리를 만났다. 친한 선배의 소개로 점성술사 수전 밀러의 별점을 다달이 번역해 올려주는 개인 홈페이지를 방문했다가 전에 경험한 적 없던 큰 위로를 받았던 것이다. 정말 놀라운 경험이었다. 크고 따뜻한 무언가가 나와 내 인생을 깊이 이해하고 친절하게 설명해주는 것 같았다. 절대 겁을 주거나 경고하는 방식이 아니었다. 그저 다정하게 위로하고 부드럽게 격려할 뿐이었다. 혼자가 아니라고 말해주는 것도 같았다. 너와 비슷한 주기로 넘어지고 일어나는 다른 친구들이 많이 있다고, 그들과 함께 가는 거니까 너무 외로워 말고 힘내라고 응원해주는 것도 같았다. 정말일까. 정말 별들은 나를 알고 내 운명을 지켜보고 있는 걸까. 정말 나는 혼자가 아니고, 정말로 저 별 아래 무수히 많은 친구들과 함께 가는 중일까. 그러니 정말 안심하고 다시 한 걸음씩 앞으로 나아가면 되는 걸까. 정말로 그럴까.

모르겠다. 어쩌면 그저 아득한 미로 같은 인생에 뭔가

기댈 것이 필요했을지도. 어쨌든 그때부터 지금까지 난 슬플 때 힙합을, 아니 별자리 운세를 들여다본다. 그러면 언제나 그랬듯 크고 다정한 목소리가 지친 내게 응원의 말을 건넨다. 그러면 나는 세상 어딘가에서 나처럼 우여곡절을 겪고 있을 수많은 물병자리 친구들을 떠올린다. 그러면 정말로 다시 일어나 앞으로 나아갈 힘이 난다.

어젯밤은 아무래도 너무 많은 힘이 났나 보다. 내년의 물병자리 운세가 번역되어 올라왔다는 소식에, 가장 좋아하는 이시이 유카리의 별점을 시작으로 카가미 류지와 아오이시 히카리, 제시카 애덤스와 페니 손튼, 프란체스카와 사야와 표고버섯의 별점까지 모두 찾아 정독하느라 밤을 꼴딱 새고 말았으니. 어쨌든 결론은 같았다. 토성과 목성의 대근접 이후 물병자리들은 더 크게 자신을 확장하며 더욱 진정한 자기 자신이 되는 대변혁의 시기를 통과할 거라고 다들 입을 모았다. 그러고 보니, 생전 처음 안 먹던 팥죽도 먹어봤고, 영 관심 없던 천체의 움직임에도 흥미가 생겼으니…… 어쩌면 내 삶과 시야는 이미 조금씩 확장되기 시작한 건지도 모르겠다. 그럼 그렇지. 역시 별자리 운세는 완벽하게 들어맞는다니깐. 별자리야말로 내 인생의 영원한 나침

반이다.

그런데 방금 전, 당황스러운 기사 하나를 읽었다. 올해는 음력 동짓달 초순에 든 '애동지'여서 팥죽 대신 팥떡을 먹어야 한다는 글이었다. 그래야 집안의 아이가 건강할 거라고……. 순간 사랑하는 조카의 얼굴이 눈앞에 스쳤다. 나는 오늘 무조건 반드시 팥떡을 먹어야 하는 운명에 놓였다. 하지만 이미 아낌없이 해치운 팥죽으로 배는 부른데…… 떡을 사려면 멀리 있는 시장까지 한참을 가야 하는데…… 게다가 잠시 후면 두 행성의 대근접을 관측할 절호의 시간대가 다가오는데……. 허나 운명은 거스를 수 없는 법. 팥떡을 사러 나가기 전에 일단 별자리 운세부터 다시 천천히 읽어봐야겠다. 난 슬플 때 별자리 운세를 읽으니까.

새 공책을 샀다

새 공책을 샀다. 또 사버렸다. 수년째 연초에만 몇 장 쓰다 고스란히 방치한 수십 권의 일기장과 스케치북을 최근에야 겨우 정리했는데. 이젠 제발 새해가 됐다고 들떠 다 채우지도 못할 공책은 절대 사들이지 말자고 그렇게 다짐했는데. 결국 또다시 새 공책을 샀다. 그것도 무려 세 권이나 한꺼번에 사서 간신히 비운 책장에 나란히 꽂아두었다.

이건 다 J 때문이다. 지난 가을, 이사와 신간 출간을 동시에 멋지게 해치운 J의 집에 초대받아 갔다. J를 소개해준 H도 함께였는데, 오랜 절친인 두 사람이 새로 친해진 나를 흔쾌히 끼워준 고맙고 즐거운 자리였다. J와 H 모두 작가라 책에 대한 이야기가 끊이지 않았다.

"땡땡 작가랑 모모 작가 책 나온 거 읽었지? 너무 좋지 않아?"

"응. 진짜 끝내주던데! 난 아무개 작가 신간도 좋았어. 누구누구 작가도 생각나고……."

황홀한 풍경이었다. 너무나 좋아하는 두 작가가, 바로 내 앞에서, 책에 대한 깊고 은밀한 사담을 나누고 있었다. 그리고 나는 그저 묵묵히 경청했……다기보다 그냥 없을 말이 없어 잠자코 있었다. 나름 책을 적게 읽는 편은 아니라고 생각했는데, 적게 읽는 편이었다. 둘이 언급한 신간을 거의 읽지 못했을뿐더러 생전 처음 들어보는 작가도 꽤 많았으니까. 나는 혹시 내게도 의견을 물어볼까 봐 조마조마했다. 그래서 이따금 가만히 미소 짓거나 고개를 살짝씩 끄덕였다. '나도 여러분이 무슨 말을 하는지 잘 알고 있고 듣고 있으니, 걱정 말고 편히 대화를 이어가시라'는 무언의 제스처였다. 그리고 속으로 생각했다.

아니 도대체…… 저 많은 책들을 언제 다 읽은 걸까. 작가들은 원래 저렇게 많이 읽나. 작가들끼리만 공유하는 비밀스러운 속독법이라도 있는 건가. 그 와중에 또 어떻게 다들 부지런히 자기 글을 써내는 걸까. 그것도 매번 새롭고 훌륭하게. 어떻게 그게 다 가능할까. 난 요즘 영화 한 편도 간신히 보는데. 시나리오 쓸 땐 아직도 대사 몇 줄을 고치느라 밤을 꼴딱 새우기도 하는데. 아 진짜 시나리오…… 시나리오 빨리 써야 하는데…… 빨리도 빨리고 잘 좀 써야 하는데…… 시나리오는 왜 이렇게 어려운 걸까. 왜 매번 적응도 잘 안 되고 못 쓰는 느낌만 들까. 나만 그럴까. 잘 쓰는 감독들은 쉽고 빠르게 잘 써질까. 왜 난 재능도 없으면서 영화를 계속 붙잡고 있는 걸까. 대체 어쩌다 얼렁뚱땅 감독 같은 게 돼가지고…… 아. 안 돼. 좋은 자리에서 이러지 말자. 정신 차리자. 제발 정신 좀 차리고…….

정신을 차리고 보니 J가 웬 커다란 상자에서 두꺼운 책 하나를 애지중지 꺼내고 있었다. 책을 본 나와 H의 눈이 휘둥그레지자, 우리를 본 J의 얼굴에 기다렸다는 듯 뿌듯한 미소가 번졌다. 지난여름 긴 장마의 습격으로 망가져 다시 주문했다는 그 책은, 2010년에 출간된 앤 카슨의 『녹스Nox』였다. 라틴어로 '밤'을 뜻하는 『녹스』는 캐나다의 시인이자 고전학자인 앤 카슨이 오랜 세월 가족과 떨어져 살았던 오빠의 갑작스러운 죽음을 애도하며 만든 책이었다.

J가 책을 바닥에 내려놓고 표지를 들어 올리자 서로 연결된 내지가 아코디언처럼 쭉 펼쳐졌다. 오른쪽 페이지에는 카슨의 가족사진과 오빠의 편지, 그림 등이 콜라주 형식으

로 구성되어 있었고, 왼쪽 페이지에는 고대 로마의 시인 카툴루스가 자기 형제의 죽음을 기리며 쓴 비가가 한 단어씩 해석되어 있었다. 마주 본 페이지가 서로 대화를 주고받는 듯한 독특한 구조였다. 과연 '썼다'기보다 '만들었다'고 표현하는 게 더 정확한, 가히 미술작품에 가까운 책이었다.

비통하고도 아름다운 작품이었다. 기존의 방식으로는 도저히 형용할 수 없는 큰 슬픔과 고통을 말하기 위해, 삶의 다양한 조각들을 그러모아 들여다보고 재조합해 새로운 언어를 만든 것 같았다. 그렇게라도 먼저 가버린 이를 이해하고, 기억하고, 나누려는 마음이 느껴졌다. 지극히 내밀한 손길로 상실의 자리를 어루만지는 진실한 애도의 작업이었다. 어쩌면 이런 작업이야말로 진짜 예술 작업이 아닐까 싶었다. 자신의 가장 깊고 아득한 마음을 자신만의 언어로 풀어내는 일. 그것을 타인과 나누며 넓고 무한하게 연결되는 일. 예술을 통해 경험할 수 있는 가장 큰 기적이 그 책과 나 사이에서 일어나고 있었다.

집에 오자마자 책장 구석에 처박아두었던 나만의 은밀한 책 컬렉션을 모두 꺼내 펼쳤다. 배낭여행 중 사들여 어깨가 끊어지도록 이고 지고 다녔던 두꺼운 도록들부터 여러

아트페어에서 알바비를 탕진하며 손에 쥔 값비싼 수작업본 아트북까지. 지난 십수 년간 나름 성실한 애정으로 부지런히 모아온 정체불명의 책들을 아주 오랜만에 천천히 살펴보았다.

모양과 출처는 모두 달랐지만 장르를 구분하기 힘들다는 공통점은 있었다. 그림책으로만 분류하기엔 글과 사진의 분량이 상당하다거나, 에세이로만 규정하자니 허구적 상상력이 가미된 구성 방식이 눈에 띈다던가 하는 식이었다. 이를테면, 사브리나 워드 해리슨의『스필링 오픈: 너 자신이 되는 기술 Spilling Open: The Art of Becoming Yourself』나『어지럽고도 황홀한 인생 Messy Thrilling Life』같은 작품들. 또 마이라 칼만의『불확실성의 원칙 The Principles of Uncertainty』나『내가 가장 좋아하는 것들 My Favorite Things』같은 작품들. 그런 독특한 혼종의 책을 펼칠 때면 늘 묘한 흥분과 전율이 일곤 했다.

텍스트와 이미지의 경계를 자유롭게 넘나드는 책. 픽션과 논픽션의 구분을 과감히 무너뜨리는 책. 온갖 매체를 뒤섞어 새로운 화법을 만들어내는 그 이상한 책들을 나는 참 열심히도 찾아다녔다. 언젠가 나도 그들처럼 나만의 고유한 언어를 만들어 가장 내밀한 무언가를 펼쳐 보이리라 꿈꾸고 기대했다. 그 이상한 책들의 이상한 페이지들을 넘길 때마다, 그때의 열정과 다짐과 계획들이 오롯이 떠올랐다. 정말 오랜만에 정신이 번쩍 드는 기분이었다.

그래서 새 공책을 샀다. 그간 잊고 지내온 마음들을 천천히 꺼내 펼쳐보기 위해. 그렇게 나만의 언어를 만드는 연습을 다시금 시작하기 위해. 그런 매일을 성실히 관찰하고 기록하기 위해…… 라고 말하는 건 역시 설득력이 많이 떨어지네. 게다가 그런저런 시도를 하는데 왜 공책이 세 권이나 필요한 거야? 어쩌자고 또 그렇게 두꺼운 공책들을 사버린 건데? 그리고 기왕 질렀으면 당장에 쓰기 시작해야지, 언제까지 책장에 두고 바라만 볼 거야? 어서 뭐라도 쓰기 시작하라고. 뭐 작업 일지를 쓴다든가, 아이디어를 메모한다든가, 아니면 아예 시나리오를 써버릴 수도…… 아 진짜 시나리오…… 빨리 시나리오 써야 하는데…….

아. 모르겠다. 그냥 다 J 탓을 하자. 새 공책을 사버린 것도, 시나리오 때문에 골치가 아픈 것도, 모두 다 멋진 책을 보여줘서 한껏 들뜨게 한 J 때문이다. 암. 다 J 때문이고말고.

어느 조카 바보의 고백

대체 왜 그렇게 아이들을 좋아하느냐는 말을 참 많이 듣는다. 영화까지 주구장창 아이들 이야기를 만들었으니 그렇게 물어오는 맥락이야 충분히 이해할 수 있다. 하지만 아무리 생각해도 역시 좀 이상한 질문이다. 왜냐니. 그게 이유가 필요한 마음이었나. 본능적이고 직관적으로 작동하는 마음을 굳이 하나하나 분해해 설명하는 게 어쩐지 어색하고 구차하게 느껴진다. 눈을 동그랗게 뜨고 당혹스러운 얼굴로 되묻던 어린 장금이의 명언만 계속 머릿속을 맴돈다. "그냥 홍시 맛이 나서 홍시라 했는데, 어찌 홍시라 생각했냐 하시면……."

내가 아이들을 좋아하는 데 특별한 이유는 없다. 나는 그냥 아이들이 좋다. 귤이 귤이라서, 개가 개라서, 바다가 바다라서 좋은 것처럼, 나는 그저 아이들이 아이들이라서 참 좋아한다. 이런 나를 잘 아는 지인들은 오래전부터 종종 자신들이 사랑하는 아이의 사진이나 영상을 내게 보내오곤 했다. 나도 그들만큼 감동하고 기뻐하리라 믿어 의심치 않으면서. 오지로 배낭여행을 떠났던 한 친구는 장기간 머물던 마을에서 친해진 아이들의 사진으로 안부 인사를 전했고, 첫아이를 낳고 감격한 또 다른 친구는 종일 먹고 싸고 자기만 하는 갓난아이의 일상을 몇 달 간 생중계하기도 했다. 심지어 모든 작품을 함께한 동갑내기 절친 김세훈 피디는(aka 조카 바보) 바빠 죽겠는 와중에도 늘 뜬금없이 자기 조카들 사진을 투척하며 자랑하곤 했는데, 솔직히 그만큼 봤으면 나도 고모 정도는 된다고 우길 수 있을 지경이었다.

하지만 이제는 고백해야겠다. 그간 나는 그들이 보내준 아이들의 모습을 보면서 그들만큼 절절하게 감동받고 행복했던 적이 거의 없었다. 물론 아주 가끔은 나도 모르게 미소가 번지거나 절로 가슴이 따뜻해져 종일 기분이 좋기도 했다. 하지만 세상은 넓고 예쁜 아이들은 얼마나 많은데. 나의 유튜브 즐겨찾기에도 그런 꿀 떨어지게 귀엽고 사랑스러운 아이들의 영상이 이미 백만 스물일곱 개쯤 저장되어 있거늘. 그래서 일단 온갖 호들갑은 다 떨어주더라도, 속으론 내

심 의아하고 어리둥절해한 적이 많았다. 대체 저 정도의 매력이 뭐가 그리 대단하다고 저렇게 난리일까. 이전과 달라진 것도 거의 없어 보이는데 대체 어떤 부분을 어떻게 새롭게 칭찬해달라는 의미일까.

그랬다. 그동안 나는 그들이 보여주려던 아이들의 모습이 진짜 무엇이었는지, 그들이 나누려던 마음이 정말 어떤 것이었는지 전혀 알지 못했다. 하지만 이제는 안다. 정말 제대로 알게 되었다. 그사이 내게도 진심으로 사랑하는 아이가 생겼으니까.

드디어 내게도 조카가 생겼다. 그리고 그 아이는 올해 무려 일곱 살이 되었다. 품에 안는 것도 겁날 만큼 작은 아이라 숨도 조심히 쉬던 게 엊그제 같은데, 이젠 내 키의 반을 훌쩍 뛰어넘는 그녀와 깔깔 웃으며 게임도 할 수 있게 되었다. 믿을 수 없이 놀라운 속도였다. 목도 가눌 수 없어 눈만 끔벅이던 아이가, 어느 날 갑자기 몸을 뒤집고 흔들더니, 이내 걷고 뛰고 춤까지 추게 되었다. 겨우 입을 오물거리며 "꼬모(고모)" "진따 홍난다(진짜 혼난다)" 같은 말만 반복해서 옹알거리던 아이가, 이제는 "행복은 힘든 사람을 도와줄 때 느끼는 기분이야" 같은 멋진 말을 쏟아내는 훌륭한 어린이로 자라났다.

조카와 함께한 7년 동안, 나는 한 인간이 도약하고 성장하는 과정을 온전히 목격하는 이루 말할 수 없이 값진 경험을 했다. 아이의 도전은 곧 나의 도전이었고, 아이의 성취는 바로 나의 성취가 되었다. 아이가 겪는 어떤 사소한 변화도 어느 것 하나 놀랍고 새롭고 특별하지 않은 것이 없었다. 그제야 나는 그간 친구들이 그토록 나누고 싶어 했던 게 정말 무엇이었는지 확실히 알게 되었다. 그건 바로 작은 생명이 스스로 몸을 일으켜 세계와 만나고 반응하고 교감하는 모든 순간의 아름다움, 그렇게 온 힘을 쏟아 정말 한몫의 인간으로 자라나고야 마는 성장의 경이로움이었다. 결국 친구들은 자신이 만난 아이들이 고스란히 통과한 모든 기적을 내게도 보여주고 싶었던 것이다. 그런 순간을 그저 지켜보는 것만으로도 느낄 수 있는 충만한 기쁨을 나와 기꺼이 나누려 했던 것이다. 그렇게 생각하니 뒤늦게 모두에게 더없이 고마운 마음이 들었다. 세상에서 가장 아름다운 것을 나눠주려 했던 그들의 깊은 노력과 사랑에 이제라도 꼭 보답해야 할 것 같았다. 그래서 나는 몇 달째 반복해서 감상 중인 조카의 유치원 학예회 댄스 공연 영상을 그들에게 전송했다. 첫 무대라 엄청 긴장했을 텐데 줄도 똑바로 잘 서고 친구들과의 간격도 정확히 맞추며 끝까지 완벽한 춤사위를 선보인 너무도 천재적인 나의 조카를 보며, 분명 모두가 나와 같이 최고의 행복을 만끽하리라 자신했다.

　참. 얼마 전 조카에게 오래전에 만든 단편영화 하나를 처음으로 보여주었다. 조카와 같은 일곱 살 어린이가 주인공이라 어떤 반응을 보일지 조마조마했는데, 다행히 영화를 보는 내내 흠뻑 몰입해 얼마나 뿌듯했는지 모른다. 조카가 자라는 동안 더 몰두해 감상하고, 더 깊이 좋아할 수 있는 영화를 많이 만들자고 다시 한번 다짐했다. 잊어버리기 전에 얼른 김 피디에게 연락해서 이 위대한 포부를 진짜로 실현시킬 구체적인 계획을 같이 의논해봐야겠다. 조카 바보들끼리 머리를 맞대면 얼마나 강력하고 아름다운 사랑 영화가 만들어질 수 있는지 한번 제대로 실험해봐야겠다.

걸어서 걸어서

언제쯤이면 정말 나의 길을 잘 가고 있다는 확신이 들까. 그래도 마흔쯤 되면 얼추 맞는 길로 들어섰다는 희미한 안도감은 생길 줄 알았는데. 여전히 선택의 갈림길에 설 때마다 어떤 길이 진짜 나의 길인지 헷갈린다. 어떻게 걸어야 진짜 내 모습대로 걷는 건지 자꾸 오락가락한다. 계속 부연 안개 속을 더듬거리며 간신히 나아가는 느낌이다.

　어려서부터 눈에 띌 만한 재능이 있었다면 좀 달랐을까. 그랬다면 나도 더는 나를 불안해하지 않고 안정과 평화 속에서 삶을 즐기는 여유로운 사람이 되었을까. 궁금하다. 일찍부터 자신만의 재능을 발견하고 꽃피운 이들은 과연 어떤 마음으로 살아가는지. 인생의 크고 작은 변화 앞에서 나처럼 깊은 막막함이나 어색함을 느끼지 않는지. 그동안 잘

해온 건지, 지금은 잘하는 중인지, 앞으론 잘해나갈시를 끝없이 의심하며 괴로워하진 않는지……. 자신만의 재능을 잘 알고, 굳게 믿고, 훌륭하게 키워나가는 이들은 과연 자신에 대해 어떤 질문들을 던지며 이 아득한 생을 채워나갈지, 나는 정말로 궁금하다.

나의 재능은 대체 무엇인가 늘 궁금했다. 인간이라면 누구나 잘하는 것 한 가지는 있다는데, 내가 잘하는 건 과연 무엇일지, 뭘 하고 살아야 오래오래 만족스럽고 기쁘게 잘 살 수 있을지 늘 알고 싶었다.

가훈의 영향일까. 어릴 적 우리 집 가훈은 "너의 꿈을 펼쳐라"였다. 학교에서 가훈을 알아 오라고 해서 엄마께 여쭤봤더니 사뭇 비장한 얼굴로 고민하시다 불쑥 저 문장을 주셨다. 뭐든 좋아하는 걸 하면서 살라는 뜻이라고 했다. 좋아하는 걸 하면 절로 노력하게 되고, 그러면 절로 잘하게 될 거라고. 그러면 돈과 실력과 행복도 절로 따라올 거라고 했다. 그 '절로 된다'는 부분이 아주 마음에 들었다. 아마 그때부터였을 거다. 좋아하는 마음 안에 재능의 씨앗이 있다고 믿기 시작한 건. 나도 그 씨앗을 얼른 찾아 활짝 꽃피우고 싶었다. 나도 나의 꿈을 펼쳐 모든 게 절로 따라오는 행복한 삶을 누리고 싶었다.

그런데 어쩐지 내 여정은 늘 뭔가를 좋아하는 데서, 혹은 좋아하기 때문에 절로 노력하는 데서 끝나버렸다. 아무리 노력해도 도무지 그 다음 단계, 그러니까 잘하는 상태로는 잘 넘어가지지 않았다. 그렇게 홀로 애만 쓰다 지치면 더는 좋아하고 노력할 수도 없게 되었다. 가망 없는 짝사랑을 정리하는 건 오로지 내 몫이었고, 깊은 상실감과 절망감에서 빠져나오는 데는 꽤 오랜 시간이 필요했다. 그래도 포기하지 않았다. 전보다 더 좋아하고, 그래서 더 많이 노력하게 되고, 그래서 진짜 잘하게 될 만한 무언가를 찾기 위해 더 열심히 헤매고 다녔다. 그 과정을 끝없이 반복했다. 그리고 번번이 실패했다. 그러면서 점점 겁이 많아졌다. 평생 내 것이 아닌 것들만 갈구하며 방황할까 봐. 그렇게 행복이 뭔지도 모른 채 삶이 갑자기 끝나버릴까 봐. 늘 마음 한구석이 아프고 많이 외로웠다.

아주 어릴 때 사촌 언니가 피아노 치는 모습에 반해 몇 달이나 엄마를 졸라 간신히 동네 피아노학원에 등록했다. 정말 기뻤다. 나는 학원의 최연소 학생이자 최고의 모범생이 되었다. 늘 레슨 시간보다 일찍 도착해 언니 오빠들이 피아노 치는 모습을 지켜봤고, 레슨이 끝나면 손가락이 아플 때까지 연습에 몰두하곤 했다. 몸살이 나도 학원은 빠지지 않았고, 자면서도 피아노 치는 꿈을 꿨다. 정말 재밌었다. 그래서 더 잘하고 싶었다. 그렇게 수년이 지나는 동안 피아노는 늘 내 1순위였다. 다만 그간 들인 공과 시간에 비해 진도가 좀 더딘 편이었다. 때론 나보다 늦게 시작한 친구들이 내 진도를 앞질러 의기소침해지는 날도 있었다. 하지만 아주 열심히 노력하고 있으니 분명 흡족하게 잘하는 날이 올 거라고 확신했다. 어느새 나는 학원의 최장수 원생이 되었고, 반드시 멋진 피아니스트가 되리라는 꿈도 더 크게 무럭무럭 자라났다.

어느 날, 같은 반 친구 한 명이 피아노 연주회에 참가한다며 선생님과 친구들 몇 명을 초대했다. 장소는 시내의 유명 콘서트홀이었다. 워낙 피아노를 잘 치기로 소문난 친구였지만, 어른들과 함께하는 대형 연주회에 유일한 초등학생으로 참가한다는 소식에 모두가 깜짝 놀랐다. 아직 작은 콩쿠르조차 참가해본 적 없던 나는 당사자보다 더 흥분해 연주회를 기다렸다. 사실 연주회를 보는 것 자체가 처음이라 마냥 설레고 들뜨기만 했다.

그런데 연주회 날, 드디어 그 친구 차례가 되었을 때 나는 상상도 하지 못했던 어마어마한 광경에 완전히 압도당해 큰 충격에 빠지고 말았다. 그녀는 나로선 생전 들어본 적도 없는 너무나 아름답고 웅장하고 어렵고 복잡한 곡을, 너무도 태연하고 느긋하고 정확하고 완벽하게 연주했다. 무엇보다 그녀는 피아노와 함께하는 그 순간을 온전히 장악하고 즐기고 있었다. 그게 어린 내 눈에도 보였다. 나만큼 체구도 작고 말수도 적어 그저 피아노를 좀 치는 평범한 친구인 줄 알았는데, 무대 위의 그녀는 완전히 다른 사람이었다. 그녀는 이미 피아니스트였다.

집으로 돌아오는 지하철에서, 설명하기 힘든 묘한 황망함에 사로잡혀 내내 아무 말도 하지 못했던 기억이 난다. 정말 잘한다는 게 뭔지 확실히 알게 되었는데, 그게 나로선 절대 도달할 수 없는 경지라는 것도 충분히 깨달은 아픈 밤이었다. 사실 그러고도 못내 아쉬워 2년을 더 어영부영 피아노에 매달렸다. 그러다 진이 다 빠져나간 뒤에야 그 오랜 꿈을 겨우 놓아 보낼 수 있었다. 7년간의 짝사랑은 그렇게 끝이 났다.

채워지지 않는 공허함에 울적한 시간을 보내던 어느 날, 어쩌면 그간 취미로 즐겨온 그림과 공작이 내 진짜 재능일지도 모른다는 생각이 들었다. 그리고 미술에 몰두하기 시작했다. 열심히 매진하다 보니 곧 피아노는 생각도 안 날 만큼 깊이 빠져들었다(마음만 먹으면 뭐든 홀딱 잘도 빠지는 게 나의 재능이려나). 그때부터 내 모든 시간을 그리고 만드는 일에 쏟아붓기 시작했다.

그렇게 또 여러 해가 흘렀다. 혼자 노력한 것 치고는 종종 미술 시간에 완성한 작품이 교실에 전시될 만큼의 실력은 길러졌고, 이따금 교내 미술 대회에서 작은 상을 타기도 했다. 하지만 그 정도를 재능이라 부르기엔 좀 애매한 느낌이 있었다. 이미 당해본 사람의 합리적 의심이랄까. 어쨌든 기술적으로 더 빼어나게 그리거나, 창의적으로 더 기발하게 그리거나, 둘 중 하나는 되어야 진짜 재능이라고 부를 수 있을 것 같은데 둘 다 나랑은 거리가 멀었다. 슬슬 진로를 선택해야 하는데 마음이 점점 복잡해졌다.

그러던 어느 날, 담임선생님이 나를 조용히 불러 장학사가 오는 공개수업에 사용할 자료를 대표로 그려 오라고 했다. 심장이 쿵쿵 뛰었다. 여러 잘 그리는 친구들을 뒤로하고 존재감도 별로 없는 내게 모든 이가 주목할 그림을 그려 오라니. 그렇게 중차대한 임무를 맡길 정도면 어쩌면 나는 미술을 정말 잘하는 걸지도 몰랐다. 혼자 괜한 걱정을 했나 싶었다. 나보다 더 나를 믿어주는 선생님을 위해서라도 힘을 내 부지런히 달려야겠다고 다짐했다.

그런데 흥분에 휩싸여 주문 사항을 메모하던 내게 선생님은 이런 말을 덧붙였다. 원래는 내게 시키려던 일이 아니었다고. (나보다 훨씬 잘 그리는) 아무개한테 부탁하려고 했는데 걔가 일찍 가버려 (마침 청소 당번으로 남아 있던) 나한테 부탁하는 거라고. 큰 기대는 하지 않을 테니 너무 걱정 말고 잘해보라고 했다(그렇게 말씀하시면 과연 제가 잘할 수 있을지……).

구멍 난 자존심을 간신히 부여잡고 어쨌든 최선을 다해 열심히 자료를 그렸다. 그러다 보니 또 나름의 패기가 생겨 이참에 진짜 내 실력을 증명하겠단 의지를 불태우느라 밤까지 꼴딱 새웠다. 하지만 다음 날, 정신없이 바쁜 선생님은 수고했다는 말 외에 결과물에 대해선 일언반구도 없었다. 가장 열심히 그려 간 몇 장은 수업 때 아예 공개하지도 않고. 혼자 다 그리느라 고생했다고 위로해주는 친구는 있었지만, 빈말이라도 잘 그렸다고 칭찬해주는 친구는 아무도 없었다. 몇몇 친구들은 (그래 나도 알아, 나보다 훨씬 더 잘 그리는) 아무개라면 더 좋은 결과물을 냈을 거라는 악의 없는 (하지만 아픔은 있는) 말들을 아무렇지 않게 툭툭 내던지기도 했다.

얼마 안 가 나는 미술의 꿈도 조용히 접었다. 그렇게 공개적으로 재능이 없다고 판명 났는데, 내가 좋다고 계속하는 게 무슨 의미가 있나 싶었다. 그래도 피아노 때보다는 더 빠르고 정확하게 사태를 파악했으니 그나마 다행이라고 생각했다. 그렇다고 마음이 덜 아픈 건 아니었지만. 그렇게 또 다른 절절했던 짝사랑을 내 손으로 떠나보내고 말았다.

계속 그런 과정의 반복이었다. 때로는 얄팍하게 때로는 절박하게. 댄스음악에 심취해 종일 춤만 추던 어느 날, 갑자기 진정한 댄서가 되기 위해 학교를 그만두고 연습에 매진하겠다며 폭탄선언을 하기도 했고, 뒤늦게 태권도에 전념하다 사실 운동이야말로 나의 길인가 싶어 선수가 되는 길을 진지하게 알아보기도 했다(대체 왜 이렇게 어려운 꿈만 골라 꾼 건지 정말 알다가도 모르겠다). 뭘 시도하든 항상 결과는 같았다. 타오르는 열정과 불철주야의 노력이 무색하게 늘 애매한 실력에 머문다는 것. 잘하는 것도 못하는 것도 아니어서 포기하기도 나아가기도 힘들었다. 애초에 그렇게 좋아하지나 말던가. 왜 매번 마음은 다 줘버려서……. 하지만 사랑이 죄는 아니잖아! 아니, 그 정도면 죄였다. 늘 죄만 짓는 기분이라 괴로움만 쌓였다.

그래도 공부는 좀 했다. 어릴 때는 오히려 못하는 축에 속했는데 어쩌다 보니 그렇게 되었다. 지금 생각해보면, 끝없이 반복되는 실패와 실망의 여정 끝에 사지에 몰리듯 도달한 곳이 공부였을지도 모르겠다. 알고 보니 나는 엉덩이 힘이 꽤 좋은 편이었다(이제 내 재능은 엉덩이다!). 중요하다고 생각하는 건 제법 오랜 시간 붙들고 어떻게든 해결해보려는 근성이 내게도 있었다(이미 여러 차례 증명된 바이지만). 다만 투자 대비 효과는 상당히 미미했다(더는 증명할 필요도 없다). 친구들이 3시간 공부하고 받는 점수를 나는 6시간, 때론 9시간은 해야 받을 수 있었으니까. 그래도 하는 만큼은 늘었고, 늘다 보니 기댈 곳은 되었으니까. 나도 조금은 잘하는 게 생겼다는 사실이 작은 위안을 주기도 했다.

다만 하나, 유일한 문제는…… 내가 공부를 정말 좋아하지 않는다는 것이었다. 물론 공부를 좋아하는 게 누구에게든 쉬운 일은 아니겠지만, 친구들과 비교해도 내가 유달리 더 스트레스를 받는 것 같았다. 아무리 생각해도 나는 애초에 공부와는 철저히 담을 쌓도록 설계된 비非공부인이었다. 그 어떤 순수한 학문적 호기심도, 진리 탐구에 대한 열망도, 때론 좋은 동기부여가 되는 지적 허영심도 내겐 전혀 찾아볼 수 없었다. 심지어 승부욕도 형편없었다. 암기력과 응용력도 꽝이었고. 그래서 공부의 전 과정이 늘 부담스럽고 버거웠다. 그래도 했다. 계속 꾸준히 했다. 그렇게 어렵고 힘든 일인데도 도저히 놓을 수가 없었다. 공부마저 놓으면 정말 아무것도 남지 않을까 봐, 그러면 정말 아무것도 아닌 사람이 돼버릴까 봐 늘 두려웠다.

모르긴 몰라도 그 지난한 여정 속에서 난데없이 영화를 꿈꾸기 시작한 건, 아마도 공부에서 벗어나기 위해 나름의 그럴듯한 명분이 필요했기 때문일지도 모르겠다. 그래서 공부로부터 제일 멀리 떨어진 듯 보이는 영화를 황급히 붙잡은 걸지도. 물론 영화를 깊이 사랑하긴 했다. 자나 깨나 영화만 보고 오직 영화 생각만 하던 시절이었다. 하지만 영화를 만들어보기는커녕, 영화 현장을 구경해본 일조차 없던 내가 무조건 감독이 되겠다고 우기기 시작한 건, 지금 생각해도 어딘가 좀 이상한 일이긴 했다.

어쩌면 그때의 나는 영화 자체보다는 영화라는 꿈을 더 사랑했던 건지도 모르겠다. 영화는 나를 다급히 재촉하지도, 누군가와 비교하거나 힘겨운 경쟁을 치르게 하지도 않았으니까. 애초에 영화적 재능이란 게 지금 당장 발견해 증명해 보일 수 있는 종류의 것이 아니었다. 이 분야엔 일찍 두각을 나타내는 이들보다 점차 꾸준히 성장해가는 이들이 더 많았다. 그러니 나도 더는 눈치 보며 서두르지 않아도 되었다. 천천히 꿈꾸고 자유롭게 실험해볼 시간이 드디어 내게도 허락되었다. 아주 오랜만에 마음이 편해졌다. 그래서 영화를 더 사랑하게 되었다.

그런데 영화는 정말 알다가도 모르겠는 분야였다. 그동안 이런저런 꿈을 쫓으면서 시작이 어려웠던 적은 단 한 번도 없었다. 피아노나 태권도 같은 건 전문가를 통해 기초부터 착실히 배우며 한걸음씩 나아갈 수 있었고, 춤이나 미술 같은 건 혼자서도 충분히 시도하고 실험하며 느낌을 가늠해볼 수 있었다. 그런데 도대체 영화는 어디서부터 어떻게 첫발을 떼야 하는 건지 모르겠어 그저 막막했다. 심지어 여기저기 물어보고 다녀도 모두가 다른 말을 했다. 분명 특정 재능은 필요하겠지만 또 재능만으로 할 수 있는 일은 아니다, 혼자 만들 수도 있지만 누군가와 같이 만들 수도 있다, 전문 기관에서 배울 수도 있지만 전문적으로 배우지 않는 게 좋을 수도 있다……. 모두들 방법을 아는 것도, 알지 못하는 것도 아닌 것 같았다. 시작부터 만만치가 않았다.

일단 할 수 있는 것부터 하나씩 해보자고 마음먹었다. 영화를 많이 봤고, 책도 많이 읽었다. 혼자 끙끙대며 시나리오를 쓰기도 했고, 사설 교육기관들의 강좌를 찾아 듣다가 단편영화 몇 편을 만들어보기도 했다. 뒤늦게 영화학교에 들어가려고 시험도 여러 번 봤고, 현장의 문턱이라도 밟아보고 싶어 연신 이력서를 돌리기도 했다. 그리고 다 실패했다. 분명 실패했는데…… 이게 또 꼭 실패라고 보기엔 어딘가 애매한 부분이 있었다(이게 이렇게 되는구나). 늘 조금만 더 손을 뻗으면 영화라는 꿈이 금세 손에 잡힐 것 같았다. 그럼 조금만 더 노력해볼까? 그런데 이제 뭘? 대체 언제까지? 꿈을 꾸면 꿀수록 어쩐지 더 답답하고 혼란스럽기만 했다. 망망대해를 홀로 떠다니는 기분이었다. 사실 영화로 가는 길이 너무 많았다. 어쩌면 그게 문제인지도 몰랐다. 감독이 백 명 있다면, 감독이 되는 길도 백 갈래였으니까. 모든 길이 다 내 길이 될 수 있었지만, 또 모든 길이 다 내 길이 아닐 수도 있었다(제발 그만해). 그래서 다음 한 발은 또 어디로 내디뎌야 할지 도무지 갈피를 잡을 수 없었다. 영원한 미로에 갇힌 기분이었다. 나는 어쩌다 이곳에 들어오게 된 걸까. 누가 시켜서 들어온 것도 아닌데 왜 제 발로 나가지도 못하는 걸까.

애초에 영화를 사랑하지 말았어야 했다(역시 사랑은 죄다). 아니 애초에 꿈이란 걸 찾아다닌 게 잘못이었다(우리 집 가훈도 '아님 말고' 같은 거였다면……). 그제야 확실히 알

것 같았다. 그토록 찾아 헤매던 내 진짜 재능이 무엇이었는지. 이렇게 어렵고 복잡한 상대만 골라 사랑에 빠지고 결국 상처만 받는 게 바로 내 진짜 재능이었던 것이다. 이 망할 놈의 눈부신 재능 때문에 행복은 영영 내 것이 될 수 없을 터였다. 깊은 슬픔과 무력감이 밀려왔다. 자꾸 나쁜 생각만 들었고, 나 자신이 견딜 수 없게 미웠다. 그렇게 엉망진창 만신창이로 바닥을 기어 다니던 시절의 어느 즈음부터, 나는 무작정 걷기 시작했다.

　기회가 있을 때마다 아무도 나를 모르는 곳으로 멀리 떠났다. 그리고 완전히 새로운 풍경 속에 폭 파묻혀, 걷고 또 걷기만 했다. 남들이 보기엔 여행이었지만, 실제론 표류에 가까웠다. 아무래도 상관없었다. 그저 걸을 수 있어 좋았으니까. 걸을 때만큼은 참담한 고민들이 머릿속에 들러붙지도, 갈급함에 마음이 쪼그라들지도 않았다. 그럴 새가 없었다. 쉼 없이 발을 움직이고 눈을 돌려 길을 찾는 일에 전념해야 했다. 그래서였을까. 걸으면 걸을수록 마음이 편안하고 단순해졌다. 덕분에 오늘을 버티고 내일을 맞이할 힘을 얻을 수 있었다. 걷다 보면 종종 예기치 못한 행운을 만나기도 했다. 구석구석 걸어야만 발견할 수 있는 아름다운 장소들이 있었고. 길을 잃었을 때 친절히 도와주는 다정한 사람들도 있었다. 그래서 매일 아침, 오늘은 또 어떤 길 위에서 어떤 놀라운 것들을 보고 듣고 만나게 될지 상상하는 것만으로도 마음이 고요히 벅차오르곤 했다.

점차 일상에서도 자주 많이 걷게 되었다. 멀리 떠나지 않아도 도처에 걸을 수 있는 길이 있다는 것을 그때 처음 알았다. 아르바이트를 위한 출퇴근길을 야무지게 걸었고, 틈날 때마다 동네 골목골목을 조용히 산책했다. 가끔은 아무 버스나 타고 모르는 동네에 내려 무작정 돌아다니기도 했다. 물론 아무리 걸어도 내 삶에 대한 근본적인 불안이나 걱정이 해소되는 건 아니었다. 끝없이 샘솟는 새로운 고민들에 대해서도 여전히 답을 찾을 수 없었다. 그래도 걷고 있는 그 순간만큼은 마음이 조금 괜찮아졌고 걷고 난 후에는 더 많이 괜찮은 마음이 되었다. 그것만으로도 이미 내게는 넘치는 위로였다.

오직 걷기 위해 스페인까지 간 적도 있다. 일과 사랑과 관계와 건강과 아무튼 삶의 거의 모든 부분에서 처참한 실패를 맛보던 시절이었다. 나 자신과 주변과 그 모든 것들을 도저히 견딜 수 없어 다 내려놓고 '순례자의 길'로 불리는 카미노데산티아고Camino de Santiago로 훌쩍 떠났다. 출발하기 전 별별 소리를 다 들었다. 고작 걸으려고 그렇게 멀리까지 갈 필요가 있냐, 여자 혼자 외딴 곳에서 무섭지도 않냐, 차라리 그 돈으로 뭔가 실용적인 걸 배우는 게 어떠냐, 너는 가톨릭신자도 아니지 않냐, 네가 지금 걸을 때냐……. 다 맞는 말이었다. 그래도 가야 했다. 가서 걷는 것 말고는 더는 하고 싶은 것도, 할 수 있는 것도 없었다. 사실 혹시나 하는 기대도 있었다. 어쩌면 나도 그 거룩하고 영적인 길을 걷는 동안, 내 막막하고 어지러운 삶을 풀 수 있는 실마리를 찾을 수 있을지 몰랐다. 그렇게 믿고 가보는 것밖에는 내 삶에 남은 희망이 없었다.

그렇게 나는 순롓길의 출발 지점 중 하나인 프랑스 남부의 작은 국경도시 생장피드포르에 도착했다. 그리고 드디어 걷기 시작한 첫날, 비바람이 몰아치는 피레네산맥을 넘다가 뒤집힌 표지판 때문에 길을 잘못 들어 죽을 뻔했다. 그냥 하는 말이 아니라 진짜로 죽다 살았다. 당시 기적적으로 나를 구해준 마르셀 할아버지에 따르면, 일주일 전 이탈리아에서 온 젊은 커플이 나처럼 길을 잘못 들어 헤매다 그 근방에서 죽은 채 발견되었다고 했다. 간담이 서늘했지만, 그 사건을 제외하고는 마지막까지 무탈하게 잘 걸었다. 아니, 정말 솔직하게 고백하자면, 좀 너무하다 싶을 정도로 지나치게 잘 걸었다.

순렛길의 하루는 단순하게 흘러갔다. 나는 매일 새벽같이 일어나 아직 잠든 사람들이 깨지 않게 조용히 옷을 입고 아침을 먹었다. 그리고 몸무게의 3분의 1쯤 되는 무거운 배낭을 착실히 둘쳐 메고, 숙소 밖으로 나가 해가 지기 전까지 종일 걸었다. 매일 30~40킬로미터에 육박하는 초행길을, 비가 오나 바람이 부나 쉼 없이 걷고 또 걸었다. 첫날 천국의 문턱을(지옥일까) 살짝 밟고 돌아온 덕분이었을까. 이후로는 정신도 맑고 또렷해져 응당 헷갈릴 법한 길도 잘 가려내 뒤따라오는 친구들의 나침반이 되어주기도 했다. 때론 걷다 지친 어르신들의 배낭을 대신 들어드리는 짐꾼을 자청하기도 했고. 나는 마치 평생 그 길을 걸어온 사람처럼, 또 앞으로 계속 걸어갈 사람처럼, 익숙하고 편안하게 순렛길을 걸었다. 오롯이 걸어가는 그 순간만큼은 그 길이 바로 나의 길이라는 생각에 마음에 안도가 찾아왔다. 나는 그렇게 내 길을 걸어갔다.

떠나오기 전, 내가 가장 걱정했던 상황은 발에 물집이 잡혀 걷기 힘들어지는 상황이었다. 오직 걷는 것밖에는 할 수 없어 그 먼 곳까지 가는 건데, 정작 그걸 못 하게 된다면 정말 깊은 나락으로 떨어질 것 같았다. 그래서 출발 전 가까스로 정신을 붙들고 알아본 게 바로 물집에 대한 부분이었다. 나는 군인들의 행군 후기까지 검색하며 최대한 물집이 잡히지 않도록 발을 관리하는 법과 그래도 물집이 잡힐 경우 대처하는 법에 대해 철저히 조사하고 다양한 대비책을 마련했다. 그럼에도 불구하고 매일같이 온종일 걷다 보면 물집은 피할 수 없으니 너무 스트레스 받지 말라는 조언도 잊지 않으려 애썼다.

그런데 웬걸. 꼬박 30일을 하루도 빠짐 없이 걷는 내내, 내 발엔 물집은커녕 굳은살 하나 잡히지 않았다. 심지어 물집을 예방하는 차원에서 매일 발에 좋은 로션을 바르고 마사지까지 해줬더니 나중엔 발이 얼굴보다 더 보송하고 매끈해지기에 이르렀다. 그렇게 장장 800킬로미터를 걸어 최종 목적지인 스페인 북서부의 산티아고데콤포스텔라Santiago de Compostela에 도착했을 땐 태어나서 한 번도 사용하지 않은 듯한 완전한 새 발이 되어 있었다.

내 발을 보고 놀란 순례자 친구들은, 진로를 찾아 방황 중이라는 내게 히말라야에 가서 전문 셰르파가 되는 것을 꽤나 진지하게 권했다. 솔깃했다. 내가 생각해도 나만큼 건강하게 잘 걷고 무거운 짐도 잘 들고 길까지 척척 찾아내는 인재는 어디에도 없을 것 같았다. 게다가 나는 걷는 게 무엇보다 좋았고. 추위에 지독하게 약하다는 치명적인 단점만 없었어도, 나는 마침내 인생의 해답을 얻고 금의환향했을 텐데……

어쨌든 순례의 길은 그렇게 끝이 났다. 새 발을 얻은 것 외에는 달라진 게 아무것도 없었다. 그토록 거룩하고 영적 인 길을 걸었어도 내 삶은 여전히 막막하고 어지러웠다. 나 는 다시 나 자신과 내 주변과 그 모든 것들을 오롯이 대면 하고, 질문하면서 스스로 답을 찾아야 했다. 영화가 진짜 내 길인지, 그 길로 가려면 어떻게 해야 하는지.

사실 아직도 잘 모르겠다. 여전히 매일 내게 묻는다. 영 화가 진짜 나의 길일까. 나는 영화에 정말 재능이 있을까. 영화가 아니라면 또 어떤 길이 나를 기다리고 있을까. 그 길 이 진짜 나의 길이라는 건 또 어떻게 알아볼 수 있을까. 이 모든 질문들에 대한 답을 과연 언젠가는 찾을 수 있을지, 나 는 정말로 모르겠다.

다만 이제는 타고난 재능을 갈고닦는 길만이 나를 진정 한 행복으로 데려다준다고는 생각하지 않는다. 어쩌면 나는 진짜 행복의 모습을 잘 몰랐던 것 같다. 길을 끝까지 걸어 서 도착해야만 만날 수 있는 게 행복이라고 착각했던 것도 같다. 오랜 시간 걸으며 깨달은 유일한 것이 있다면, 행복은 도착지에 있는 게 아니라 길 위에 있다는 진실이었다. 목표한 곳에 도달하기도 전에, 때론 목표한 곳 없이 떠돌아다녀도 나는 단지 걸을 수 있어 행복했으니까.

　돌아보면 내 길을 찾아 부단히 걸어오는 동안, 만족할 만한 성취는 이루지 못했어도 행복이 없었던 건 아니었다. 피아노 건반을 지그시 눌러 원하는 화음이 흘러나왔을 때, 붓 끝에 묻은 물감이 예상치 못한 방식으로 종이에 번져나갔을 때, 춤을 추고 발차기를 하며 흘린 뜨거운 땀으로 온몸이 노곤해졌을 때, 그 모든 순간들에 나는 아주 다양한 맛의 행복을 느끼고 있었다. 그게 행복이 아니었다면 그렇게 부지런히 꿈을 꾸지도 않았겠지.

　그래서 나는 이제 그냥 걷기로 했다. 계속 헷갈리고 오락가락하면서. 쉼 없이 의심하고 흔들리면서. 그렇게 걷고 또 걷다 보면 끝내 어딘가에는 도착해 있겠지. 그러다 보면 마침내 누군가는 되어 있겠지. 사실 꼭 어딘가에 도착하지 않아도, 반드시 누군가가 되지 않아도 좋다. 걷는 동안 행복했다면 그것만으로 충분히 멋진 삶일 테니까.

　그러니까 그냥 걷자. 오늘도, 내일도, 그냥 걷고 또 걷자. 어쨌든 나는 오래도록 꾸준히 잘 걷는 재능만큼은 끝내 주니깐.

나만 좋아하는 건 아닐 수도

이제 막 이야기를 시작한 기분인데 도저히 여력이 안 되어 여기서 멈춘다. 나로선 이 정도의 글을 완성하는 데만도 엄청난 에너지가 들어, 차라리 영화를 찍는 게 더 수월할 지경이었다.

그런데 이상하다. 더는 한 글자도 쓰지 못할 만큼 탈탈 털린 기분인데, 끝내 고백하지 못한 마음들이 끝없이 떠올라 계속 수다를 떨고만 싶다. 이를테면 부동산 어플로 전국 방방곡곡의 집들을 둘러보는 재미에 대해. 혹은 매일 아침 오늘의 할 일을 기록한 뒤 하나씩 지워나가는 뿌듯함에 관해. 그리고 브리트니 스피어스와 짜파게티와 크리스마스트리 같은 것들에 대해서도 나는 아직 하고 싶은 이야기가 많이 남았다.

한편, 예전엔 좋아하지 않았는데 최근 새롭게 좋아진 것들에 대해서도 계속 떠들고 싶다. 가령, 어차피 내려갈 걸 애초에 왜 올라가느냐고 투덜거렸던 등산이 이제는 틈만 나면 즐기는 최고의 여가 활동이 된 일이라든가. 눈만 마주쳐도 두려워 피해 다닌 동네 길고양이들이 지금은 가장 친애하는 이웃이 되었다는 반가운 소식이라든가.

아무래도 좋아하는 마음이 또 다른 좋아하는 마음들을 자꾸 부르는가 보다. 그리고 역시 좋아하는 것에 대해 이야기하는 것만큼 신나고 기쁜 일이 없나 보다.

사실 좋아하는 것을 이야기할 때 "나만 좋아할 수도 있지만……"이란 말이 늘 먼저 튀어나온다. 하도 갖가지 것들을 다 좋다고 말하다 보니, 혹여 괜한 오해를 살까 봐 습관적으로 사용하다 입에 붙은 말이다. 풀이하자면 이런 뜻이다. "그냥 저 혼자 마음속으로 좋아하는 거예요. 모두가 좋아하기를 바라거나, 좋아해달라고 주장하는 게 절대 아니랍니다. 그러니 제 취향이 좀 이상하고 별나더라도 넓은 마음으로 이해해주세요."

그런데 이제 보니 내 취향이 그리 별나고 이상하진 않은 것 같다. 이미 많은 사람들이 제각각 좋아하는 것들을 나는 그저 한꺼번에 좋아할 뿐인 것 같다. 게다가 나는 이 글을 쓰는 내내 큰 소리로 이렇게 외쳤다. "나만 좋아할 수도 있지만, 사실 나만 좋아하는 거 아니잖아요! 모두들 이런 취향이 조금씩은 있잖아요! 아직 없다면 이제라도 가져봐요! 우리 같이 무엇이든 마음껏 좋아해봐요!"

아무래도 좋아하는 마음은 자꾸 같이 좋아하기를 바라는 마음을 부르는가 보다. 그리고 역시 좋아하는 것에 대해 누군가와 함께 이야기를 나누는 것만큼 신나고 기쁜 일이 또 없나 보다.

내 생에 언감생심 책을 내는 날이 올 줄은 꿈에도 몰랐다. 5년 전 내게 한 영화잡지의 칼럼 연재를 부탁한 이화정 기자님께 깊이 감사드린다. 덕분에 난생처음 새로운 종류의 글을 써볼 수 있었고, 그 행운이 여기까지 이어지게 되었다. 또 어떤 글도 쓰지 못해 방황하던 내게 최고의 재활원이 되어준 김지승 작가님의 놀라운 글쓰기 수업과 그곳에서 만난 멋진 동료들에게도 고마운 마음을 전한다. 헤맬 때마다 즉각 든든한 등불이 되어준 혼비와 효인에게 이 자리를 빌려 정말 고맙다는 인사를 전하고 싶다.

책이 나오기까지 긴 세월을 담담히 기다려주신 마음산

책의 정은숙 대표님께는 커다란 버터플라이 라넌큘러스 꽃
다발을 전해드리고 싶다. 모든 응석과 투정을 다 받아주시
고 늘 다정하게 안심시켜주신 이복규 편집자님께는 그간 모
아둔 길창덕 화백의 만화책들을 아낌없이 빌려드릴 수 있을
것 같다. 너무나 사랑스럽고 다정한 표지를 그려주신 서평
화 작가님과 기꺼이 추천사를 써주신 내 마음의 영원한 은
사 김소영 작가님께는 언젠가 세상에서 가장 맛난 빵을 한
가득 대접하고 싶은 마음이다.

　　실명과 이니셜로 내 서툰 글의 좋은 글감이 되어준 친
애하는 가족과 친구들, 동료들의 모든 생일을 꼼꼼히 챙길
것을 약속한다. 그리고 무엇보다, 좋아하는 것이 많은 내가
부럽다고, 무언가를 쉽게 많이 좋아하는 것도 남다른 재능
이라고 말해준 친구 M에게 마음으로부터 깊은 감사와 사랑
을 보낸다. 곧 편한 마음으로 함께 노래방에 가서 한껏 춤추
며 소리 지를 날이 오기를 간절히 고대한다.

　　이제는 마음으로만 만날 수 있는 친구 지돌이가 이 책
을 볼 수 있으면 좋겠다. 그러면 밤새도록 서로 좋아하는 것
들에 대해 잔뜩 떠들며 한껏 웃을 수 있을 텐데. 그녀를 다
시 만나는 날까지, 좋아하는 것을 더 많이 만들면서 힘차게

살아야겠다. 좋아하는 마음을 더 자주 더 크게 느끼면서 즐겁게 걸어가야겠다.